KB083992

합격을 보장하는

똑똑한 공부법

합격을 보장하는 **똑똑한 공부법**

초판 1쇄 펴낸날_2011년 11월 21일
지은이_와다 히데키(和田秀樹)
옮긴이_정은지

펴낸이_이종근
펴낸곳_도서출판 하늘아래
등록번호_제300-2006-23호
주소_서울특별시 도봉구 쌍문2동 598번지 2층
전화_02 374 3531
팩스_02 374 3532
E-mail : haneulbook@naver.com

ISBN 978-89-89897-54-5 43830

잘못 만들어진 책은 바꾸어 드립니다.

어떻게 하면 시험에 강해질 수 있을까?

시험에 강한 사람과 약한 사람의 차이는 무엇일까?

합격을 보장하는 똑똑한 공부법

'그냥 공부'와 '시험 공부'는 다르다.

시험에 합격하기 위한 공부법은 따로 있다

들어가는 말

시험에 '합격하기' 위한 방법이 있습니다.

그냥 공부만 한다고 누구나 합격을 거머쥐는 것은 아닙니다.

여기서 말하는 시험에는 대학입시는 물론 각종 자격 취득 시험과 TOEFL이나 TOEIC 같이 점수를 따는 시험이 모두 포함됩니다.

저는 합격을 보장하는 '공부비법'이 있다고 확신하고 지금까지 20년 이상을, 주로 입시 전략 수립에 매진해왔습니다.

어떻게 하면 시험에 강해질 수 있을까?

시험에 강한 사람과 약한 사람의 차이는 무엇일까?

이 책은 이런 내용을 정리한 것입니다.

이는 비단, 입시에만 적용되는 것은 아닙니다. 자격증 취득에 도전하는 성인에게도 충분히 효과를 발휘한다고 확신합니다. 그만큼 어떤 시험에 적용시켜도 무난한 내용으로 구성되어 있습니다.

시험에 강한 사람이란 공부에 공들인 시간과 노력을 '점수'에 잘 연결시키는 사람입니다.

이런 사람은 예습보다 복습을 중시합니다. 공부한 만큼 점수 올리기가 힘든 부분과 공부한 이상으로 성적을 올릴 수 있는 부분을 가늠하고 분별하는 능력이 뛰어나 '점수'를 따는 데 능숙합니다.

그러기 위해서는 처음부터 '기출문제'를 빼놓아서는 안 됩니다.

뒤에서 설명하겠지만 제가 제안하는 '기출문제 샌드위치'라는 공부법은 효과가 검증된 공부법입니다.

이 책은 그동안 제가 합격으로 가는 공부비법을 제안한 '포인트는 한 줄만 보아도 알 수 있다'는 콘셉트로 간단명료하게 정리한 것입니다.

시험공부(보통 공부와는 다르다는 사실을 본문에서 설명하겠습니다)에 임하는 근본적인 마음가짐, '기출문제' 활용 방법, 노트 활용 방법, 막판 돌진 기술, 시간 활용 방법, 일정표 작성 방법, 본 시험에서 1점이라도 더 많이 따내는 법 등 결전에 강해지는 테크닉을 가능한 한 간단명료하게 정리하고자 노력했습니다.

어떤 시험이든지 이런 기본적인 것들이 되어 있지 않으면 지금까지 공들인 모든 노력은 물거품이 되어 버립니다.

현재, 전 세계적으로 심각한 불황에 시달리고 있습니다. 이럴 때일수록 시험에 강해지면 인생이 즐거워지리라 저는 확신합니다.

시험 성공과 더불어 인생의 성공도 함께 성취하십시오.

시험에 합격한다는 것은 우리 인생의 시작일 뿐입니다.

차 례

PART 2 공부기술

'맞다, 맞아!'

PART 3 시간관리

'규모 있고 쓸모 있게 시간 관리하기'

PART 4 본시험 필승전략

'결전에 강해지기'

시작하면서

합격 하는 데는 이유가 있다!

공부란 본인의 가능성을 시험하는 것

이 책을 손에 든 여러분은 지금부터 공부를 하려는 사람입니다. 공부를 하려는 이유는 여러 가지가 있겠지만 어쨌든 '공부하고 싶은' 또는 '공부해야만 하는' 상황임은 틀림없습니다.

벌써 공부를 시작한 사람도 있을 것입니다. 자격증 취득을 목표로 하는 사람, TOEFL이나 TOEIC 같은 표준 테스트를 목표로 하는 사람, 혹은 업무상 깊이 있는 지식을 획득하기 위해 전문서적이나 참고서를 펼쳐 놓고 하나하나 익히는 사람 등등.

물론 여기에는 희망하는 대학이나 대학원을 목표로 구슬땀을 흘리며 공부하는 수험생 여러분도 포함됩니다.

여러분께 맨 먼저 말씀드리고 싶은 것은 지금의 마음가짐을 계속 이어가라는 것입니다.

벌써 공부를 시작한 사람, 이제부터 공부를 하려고 생각하는 사람을 불문하고 공부의 필요성을 인식한다는 것만으로도 아주 훌륭한 일입니다.

먼저 성인 여러분께 말씀 드립니다

성인에게 공부는 필수가 아닙니다. 고등학생처럼 기말시험이 기다리는 것도 아니고 과제나 숙제가 주어지지도 않습니다. 즉, 하지 않아도 되는 것이 성인의 공부입니다. 회사원들은 눈앞의 일이나 스케줄을 소화하는 데만도 눈코 뜰 새 없이 바쁩니다. 하루 일과가 끝나면 텔레비전을 보거나 책을 읽으면서, 혹은 술 한 잔 하면서 쉬고 싶은 게 인지상정입니다.

그러나 여러분은 공부를 하려고 결심한 사람입니다. 사적인 시간을 그냥 즐기는 데 쓰지 않고 자기에게 또 하나의 목표를 부여하려고 합니다. 그 이유는 단 하나, '나 자신의 가능성을 시험해보고' 싶기 때문입니다. 일상 업무를 처리하는 데는 지금까지 하던 대로 충분하겠지만 한 단계 더 높은 곳으로 나아가려고 공부를 결심한 것입니다. 불황의 현실을 고려했는지도 모르겠습니다.

수험생 여러분에게도 같은 말을 하고 싶습니다

지금의 실력으로는 합격하기에 다소 어려운 대학을 목표로 삼은 것은 '스스로의 가능성을 시험해보기' 위해서입니다. 지금 여러분의 목표는 오로지 희망하는 대학에 합격하는 것입니다.

여러분의 이러한 결심에 진심으로 응원과 찬사를 보냅니다. 여러분에게 조금이나마 힘이 되고자 하는 마음으로 이 책을 썼습니다.

그 결심을 공회전시키면 안 됩니다

공부를 하자마자 금세 좋은 결과로 이어지는 것은 아닙니다. 오늘 공부한 내용이 내일 바로 도움이 되는 것도 아니고 한 번 외운 것이 계속 기억에 남는 것도 아닙니다. 매일 부지런히 공부를 계속해도 그 성과를 좀처럼 실감하기 어렵습니다.

하물며 대학입시나 자격증 시험은 오랜 시간을 두고 공부해야만 합니다. 반년 혹은 1년 후 시험을 목표로 끈기 있게 공부를 계속 해야만 합니다. 특히 사법고시같이 어려운 시험에 합격하려면 어쩌면 몇 년이 걸릴 수도 있습니다.

시험을 준비하는 과정에서 때로는 도중에 포기하고 싶은 마음이 들기도 합니다. 노력이 허사가 되지 않을까 불안함이 엄습하기도 합니다.

이런 일은 누구에게나 일어날 수 있습니다. 의지가 약해서, 목표가 뚜렷하지 않아서 혹은 기억력이나 이해력이 부족해서가 아니라 인간이기 때문입니다. 누구나 결과를 알 수 없는 일은 오래 지속하지 못하는 법입니다.

그래서 우리는 실패를 합니다. 지금까지 몇 번이나 '공부해야겠다' 고 결심했지만 결국 좌절의 쓴맛을 본 채 포기한 적도 많습니다. 공부를 했지만 만족스러운 결과를 내지 못한 사람도 있습니다.

이제 그런 실패 경험은 잊어버리기 바랍니다. 지금 '공부하자' 고 결심한 그 마음이 바로 출발선입니다. 이제부터는 모든 것이 지금부터 하는 공부에 달려 있습니다.

중요한 것은 준비와 계획을 철저히 세워서 바로 공부에 돌입하는 것입니다. 우물쭈물하다가는 모처럼 결심한 마음이 또다시 흔들릴 수 있습니다.

공부에서 이 출발선이 가장 큰 벽입니다. 성인은 학생과 달리 교육 과정이 정해져 있지 않기 때문에 '지금 이 일만 끝나면' 혹은 '월말은 바쁘니 다음달부터' 라며 스스로 출발점을 늦추기 십상입니다. 갈 길이 먼 공부이기에 1주일 뒤 혹은 한 달 뒤에 시작해도 지장이 없을 것이라고 안이하게 생각하는 것입니다. 하지만 일에 쫓겨 하루하루 정신없는 날들을 보내다 보면 모처럼 결심한 마음이 슬그머니 사라집니다. 혹은 바쁜 일상에 지쳐 '역시 지금 공부하는 건 무리' 라는 나약한 생각이 고개를 듭니다. 지금까지 이런 경험을 수없이 되풀이한 사람이 많은 줄 압니다.

이 책을 읽는 순간, 진짜 공부가 시작되었다고 생각하기 바랍니다.

모처럼의 결심을 지키기 위해서라도 '나는 벌써 공부를 시작했다' 라고 자신에게 끊임없이 주입시키기 바랍니다.

합격의 첫걸음은 '공부법'을 배우는 것

공부 경험은 누구에게나 있을 터이니 '공부법' 정도는 누구나 알고 있습니다. 특히 수험생은 두말할 필요 없겠지요.

자격증 시험이나 표준 시험을 목표로 하는 사람 모두 일단 참고서와 문제집을 사서 읽고 풀면서 시험에 대비합니다. 간단하다면 간단한 일이라고 생각할 수도 있습니다.

하지만 그리 간단한 일이라면 누구나 공부해서 자격증 시험에 합격할 것입니다. 그런데 시험에 붙는 사람과 떨어지는 사람이 존재하는 것이 현실입니다. 수험생도 마찬가지입니다. 학교수업 외에 학원을 다니거나 과외를 하는 등 여러 가지 방법으로 공부를 하지만 결과는 역시 합격과 불합격으로 나누어집니다.

왜 그럴까요?

주어진 조건에 크게 차이도 없는데 결과가 확실히 둘로 나누어지는 데는 반드시 이유가 있다고 생각합니다. 그것은 '공부법을 알고 있느냐 아니냐의 차이' 라고 저는 확신합니다.

-같은 조건인데 합격한 사람은 합격하기 위한 '공부법'을 알고 있었다.

-열심히 노력했는데도 합격하지 못한 사람은 그것을 모르고 있었다.

가장 큰 이유는 바로 이것입니다.

과거에 실패 경험이 있는 사람일수록 이번에야말로 올바른 '공부법' 을 터득해 기필코 성공하고 말겠다고 마음먹습니다. 실패를 두 번 다시 되풀이하고 싶지 않을 테니까요.

하지만 이전과 같은 방법으로는 또다시 실패할 가능성이 높습니다.

회사원은 시간 제약과 업무 후 인간관계라는 제약을 받습니다. 가정이 있는 사람이라면 귀가 후에 가족을 돌봐야 하는 문제도 있습니다. 기억력과 기력도 예전 같지 않습니다.

여러 가지 제약이 많은 이런 상황에서 공부를 하겠다고 마음먹은 만큼 '올바른 공부법' 이 필요한 것은 두말할 필요도 없습니다. 공부의 첫걸음은 '공부법' 을 배우는 것입니다.

알고 있는 듯 하지만, 실은 잘 모르고 있는 게 바로 '공부법' 입니다.

모든 시험은 오직 자신과의 싸움이다

성인이 되어 공부를 할 때, 고독감은 우리가 상상하는 이상으로 크게 다가옵니다. 흔히 입시공부를 고독한 싸움이라고 말합니다만, 대학입시를 목표로 하는 고등학생들은 매일 같은 목표를 가진 친구들과 함께 지냅니다.

그들은 서로 고민을 털어놓기도 하고, 같이 놀면서 기분전환을 하기도 합니다. 때로는 어려운 과목을 함께 공부하거나 시험에 관한 정보를 교환하면서 끊임없이 소통합니다. 늦은 밤 혼자 책상에 앉아 있을 때도 '다른 애들도 모두 공부하고 있을 테지' 라고 생각하면 결코 외롭지 않습니다.

하지만 성인은 다릅니다. 경쟁하는 상대도 없고 고민을 털어놓을 상대도 없습니다. 누군가와 정보를 교환하기도 힘들고 본인의 수준을 객관적으로 봐주는 상대도 없습니다. 겨우겨우 피로를 떨쳐내고 책상 앞에 앉아도 어쩐지 불안한 마음을 감출 수 없습니다. 그런 불안함을 어떻게 떨쳐내느냐가 중요한 테마 가운데 하나입니다.

이것은 공통의 목표를 가진 친구가 많은 수험생에게도 해당되는 부분입니다. 아무리 서로 격려해 주어도 공부는 결국 혼자서 하는 것이기 때문입니다. 공부하는 사람은 누구나 불안함, 외로움과 사투를 벌입니다.

앞으로 다양한 충고를 하겠지만, 자신이 '공부하자', '합격하자' 라는 긍정적인 마음가짐을 가지고 있다면 아무 걱정하지 않아도 됩니다.

고독과 불안은 어느 순간부터 의지와 성취욕으로 승화됩니다.

'공부하자', '합격하자' 라고 결심한 뒤에 꿈과 목표를 실현한 사람은 수도 없이 많습니다. 여러분도 지금 그 출발점에 서 있습니다. 그 사실을 기쁘게 받아들이기 바랍니다. 그 방법은 앞으로 이 책에서 간결하게 제시하겠습니다.

당신에게 합격의 순간이 찾아온다!

어떤 공부를 하든 절대 잊어서는 안 되는 것이 있습니다.

그것은 '나 자신을 믿는 마음' 입니다. 오랫동안 공부에 관해 연구하고 수많은 수험생과 마주해 온 제가 자신 있게 드릴 수 있는 말씀입니다.

'저는 싫증을 잘 내는데요'

괜찮습니다. 사실은 저도 금방 싫증을 잘 내고 집중력이 없는 사람 중에 한 명입니다.

'공부를 정말 싫어했어요'

걱정할 필요 없습니다. 이 세상에 공부하기 좋아하는 사람이 있으면 나와 보라고 하십시오. 공부를 좋아하는 사람은 아무도 없습니다.

'자신이 없어요'

처음에는 누구나 그렇습니다. 출발지점에서부터 자신감에 넘쳐 있는 사람이라면 공부 같은 건 할 필요도 없습니다. 바로 시험을 치르면 됩니다.

'공부하자', '합격하자' 고 결심한 사람은 바로 당신입니다. 이제부터는 자신을 믿고 마지막까지 해내는 수밖에 없습니다.

공부를 계속하면 자신감도 생겨납니다.

계획보다 진도가 늦어져도 단 30분이라도 책상에 앉아 참고서를 보거나 문제집을 풀다 보면 앞으로 나아가고 있음을 실감할 수 있기 때문입니다. 더 큰 격려는 없습니다.

그러므로 공부하는 사람은 언제나 밝고 건강합니다.

자신의 미래를 위해 열심히 공부하는 수험생들을 보면 얼굴에서 빛이 납니다.

사회인이라면 옛날 수험생 시절을 떠올려보기 바랍니다. 결코 쓰라린 날만 있지는 않습니다. 공부를 하는 동안 팽팽한 긴장감 속에서도 밝은 미래를 꿈꾸었을 것입니다.

당신의 결심은 틀리지 않았습니다. 마지막까지 자신을 믿고 유쾌한 마음으로 공부에 매진하기 바랍니다.

'역시 나를 믿고 노력한 보람이 있어'

합격을 성취한 사람은 이 짧은 문장이 마음속에서 떠오를 것입니다.

여러분에게도 그런 순간이 꼭 찾아오기를 기원합니다.

PART 1
공부준비

'자, 이제부터 시작이야!'

법 칙_01

'그냥 공부'와 '시험공부'는 완전히 다르다!

배우고 싶은 것을 자기 형편과 수준에 맞추어 하는 것은 '일반적인 공부', 배우고 싶지 않은 것도 시험 날짜에 맞추어 이해하고 외우는 것은 '시험공부'

여러분이 지금부터 매진하려는 것이 '그냥 공부' 인지 '시험공부' 인지를 먼저 확인합니다.

좋아하는 분야나 흥미 있는 분야의 전문지식을 넓히는 것은 일반적인 공부입니다. 입시나 자격시험 혹은 표준시험 같이 합격이나 점수 올리기를 목표로 하는 공부가 시험공부입니다.

공부는 하면 할수록 수준이 향상됩니다. 하지만 시험공부는 다릅니다. 시험 날짜까지 합격할 수 있는 힘만 기르면 됩니다.

이런 의미에서 시험공부에는 기술이 필요합니다. 한정된 시간에 합격선에 도달하려면 효율적인 '공부 방법' 을 알아두어야 합니다.

그렇다고 좋아하는 분야, 흥미 있는 분야를 배우는 '공부' 에는 기술이 필요 없는 것일까요?

그렇지 않습니다. 성인이 되면 시간적 제약과 동기부여(motivation) 유지라는 어려운 문제가 기다리고 있습니다. 이것을 뛰어넘을 수 있는 기술이 필요합니다. 대학입시 공부도 마찬가지입니다.

법 칙_02

'이해' 를 목표로 하는 것이 공부, '합격' 을 목표로 하는 것이 시험공부!

책이나 참고서를 읽고 그 내용을 이해하는 것이 일반적인 공부입니다. 하지만 시험공부는 다릅니다. 내용 이해는 물론 어떤 내용인지 질문을 받았을 때 대답할 수 있어야 합니다.

우리는 책을 읽으면서 '그렇구나' 혹은 '이런 거였구나' 하며 고개를 끄덕입니다.

그렇지만 시간이 지나면 알았던 것들을 잊어버리고 맙니다. 이름이나 용어를 잊어버리기도 하고, 이론이나 문제 해법을 잊어버리기도 합니다.

일반적인 공부는 설령 앞의 내용을 잊어버렸다 해도 '음, 그렇구나' 하면서 다음 단계로 넘어 갈수 있습니다. 잊어버린 내용은 그때그때 확인하면 되니까요.

하지만 시험공부는 다릅니다. 이해한 내용을 확실하게 기억해 두어야 합니다. 영어단어든 전문용어든 확실히 기억하지 못하면 시험에 나왔을 때 아무 소용이 없습니다.

그렇다고 시험공부가 일반적인 공부보다 더 어렵다는 것은 아닙니다.

양쪽 모두 기본적인 공부법은 '이해하기' 입니다.

나머지는 실제로 문제를 푸느냐 못 푸느냐의 차이입니다.

법 칙_03

기왕 공부를 할 거면 '잘하는 분야'에 승부를 걸 것

잘 못하고 싫어하는 분야를 공부하다 보면 괴로움만 쌓이고 자신감이 없어집니다. 당신이 선택한 분야를 잘 해낼 수 있는지 냉정하게 자문해봅니다.

계절의 변화나 자연에 흥미 있는 사람이 기상캐스터 자격증을 따기 위해 공부한다면 문제가 되지 않습니다. 그런데 수학을 싫어하는 사람이 세무사를 지망하거나 재무나 금융 공부를 하면 확실한 동기 부여 없이는 오래 지속하기 힘듭니다.

어떠한 공부를 하기 전에 먼저 '잘 하는 분야' 인지 아닌지, 참고서나 문제집을 보면서 '영 자신이 없는데' 혹은 '공부하면 승산이 있을 것 같은데' 하는 감이 잡힙니다.

대학입시를 준비한다면 수험과목이나 배점, 출제경향 등을 알아보고 본인에게 승산이 있는지를 판단한 뒤 지망학교나 학부를 선택해야 합니다. 모의고사 결과만으로 지망학교를 선택해서는 절대 안 됩니다.

하지만 어렵다고, 이해되지 않는다고 바로 포기하라는 의미는 아닙니다. 어려울 것 같더라도 '별로 싫지 않다' 는 생각이 들면 시작해도 괜찮습니다.

법 칙_04

많이 팔리는 참고서나 문제집에는 그만한 이유가 있다

'이해하기 쉽다' 거나 '내용이 충실하다' 는 등의 장점을 인정받아 좋은 평판을 얻어 초급자도 안심하고 쓸 수 있습니다.

서점에서 가장 눈에 띄는 곳에 어떤 책이 20~30권씩 쌓여 있다면, 그 책이 잘 팔린다는 증거입니다. 대부분의 서점은 잘 팔리는 책을 대량으로 사들여서 가장 좋은 위치에 진열하기 때문입니다.

책의 첫 페이지나 맨 마지막 페이지에 기재된 초판 발행 날짜와 인쇄 횟수를 보면 이 책이 얼마나 잘 팔리는지 알 수 있습니다.

스테디셀러를 기록하는 참고서나 문제집은 그만큼 내용이 충실함을 의미합니다. 서점 직원에게 평판이 좋은 책을 물어보고 사는 것도 좋은 방법입니다.

자격증 시험을 목표로 한다면 세미나나 학원 강사가 쓴 책도 괜찮습니다. 관련 시험 전문가들이 쓴 만큼 내용을 알기 쉬울 뿐 아니라 최신 정보나 경향까지 알 수 있어 도움이 됩니다.

'유명 출판사가 발행한 책이니까' 혹은 '그 분야에서 알려진 책이니까' 등의 이유로 내용도 제대로 보지 않고 집어 드는 것은 좋지 않습니다.

책은 어디까지나 내용이 가장 중요합니다.

법 칙_05

못하는 사람일수록 어려운 참고서를 선택한다

아는 것부터 시작하는 것이 공부의 기본입니다. 자만이나 허영은 금물. 어려운 참고서는 소유욕을 충족시켜 줄지는 몰라도 이해력을 넓혀주지는 못합니다.

어려운 이론이나 전문용어를 접하면 어쩐지 공부한 기분이 듭니다. 그래서인지 어떤 분야든 상관없이 초급자용 책에 손대는 것을 부끄러워하는 사람이 있습니다.

예를 들어 자격증을 따기 위해 공부하면서 참고서를 고를 때, 도해나 그림이 많은 책이나 페이지수가 적은 책은 주저하고 활자 크기가 작고 내용이 많은 책을 선택하려고 합니다.

그러나 본인의 실력보다 높은 참고서는 실력 향상에 전혀 도움이 되지 않습니다.

읽어도 내용을 이해하지 못하는 참고서로 공부를 시작하면 곧 한계에 부딪혀 좌절을 맛볼 가능성이 높습니다.

법 칙_06

해답을 보고 '바로 이거야' 하는 느낌이 드는 문제집을 선택하라

문제집 수준은 '조금 어려운 정도'가 가장 알맞습니다. 바로 풀 수 있는 것은 너무 쉽고, 해답을 봐도 이해되지 않는 것은 너무 어렵습니다.

서점에는 다양한 문제집이 즐비하게 진열되어 있습니다. 자격시험이나 입시를 목표로 하는 사람이라면 본인에게 가장 알맞은 문제집을 찾는 게 무엇보다 중요합니다. 전체적으로 한 번 훑어보고 풀기 힘든 문제가 너무 많다고 생각되면 사지 않는 게 좋습니다. 참고서를 살 때도 마찬가지입니다.

그렇다고 너무 쉬운 문제집도 곤란합니다. 제한된 시간 안에 주어진 문제들을 풀어 합격하는 것이 목표이므로 한 권이라도 제대로 소화해서 본인의 실력을 향상시키는 데 그 의미가 있습니다.

'조금 어렵지만 해답이나 해설을 보면 이해가 되는' 정도의 수준이 가장 적당합니다. 본인의 이해력으로 풀 수 있는 문제집을 선택하라는 말입니다. 그래야만 문제집을 풀어가면서 본인의 실력을 향상시킬 수 있습니다.

법 칙_07

시험에서는 '손대지 못한 부분이' 나오기 마련

시험을 보다 보면 '아, 여기까지는 손을 못 댔는데' 하는 문제가 종종 나오기 마련입니다. 손을 대지 못한 부분이 없도록 공부 계획을 짭니다.

시험공부를 하다 보면 누구에게나 자신 없는 과목과 아직 제대로 손을 대지 못한 과목이 생기기 마련입니다. 자신 없는 과목에 많은 시간을 쏟아 부어도 좀처럼 성적이 오르지 않으니 어느 정도는 점수를 잃을 각오를 하는 것이 좋습니다. 하지만 시간이 모자라 손을 대지 못한 과목을 남겨둔 채 본시험에 임해서는 안 됩니다. 반드시 모든 과목을 한 번은 제대로 훑어가며 공부를 해야 합니다.

자신 없는 과목에 시간을 너무 많이 뺏겨버리면, 공부해야 할 과목을 다 하지 못하는 불상사를 초래합니다. 한 과목 한 과목을 완벽하게 끝내겠다는 완벽주의 정신으로 공부를 하다 보면 나중에 시간이 모자라 정작 해야 할 과목을 마치지 못할 위험도 있습니다. 가령, '세계사나 국사를 공부할 때 고대부터 꼼꼼히 공부해서 근대사까지는 어느 정도 마쳤지만 시간이 모자라는 바람에 현대사를 제대로 공부하지 못했다. 그런데 진짜 시험에서는 엉뚱하게 현대사 쪽에서 문제가 많이 나와 낭패를 보았다' 는 말을 종종 듣습니다.

이것은 공부에 할애하는 시간 배분을 잘못했기 때문입니다. 배점을 고려해 자신 없는 과목에 시간을 빼앗기기보다 손을 대지 못한 부분이 남지 않도록 하는 학습 계획이 얼마나 중요한가를 말해주는 부분입니다.

법 칙_08

공부는 원래 '평일'에 하는 것

주말에 공부계획을 끼어 넣으면 그만큼 평일에 게으름을 피우게 됩니다. 일주일이 지나면 기억조차 희미해집니다. 공부는 처음부터 끝까지 평일 위주로 계획을 세웁니다.

평일에는 귀가 시간이 늦어질 때도 많고 피곤해서 공부할 여력이 없다고 핑계를 부려서는 안 됩니다. 이른 아침시간이나 버려지는 자투리 시간을 활용하면 공부할 수 있는 시간은 충분합니다.

'주말에 몰아서 공부해야지' 라는 생각은 평일 시간 관리를 나태하게 만듭니다.

아무리 계획을 잘 세워도 그대로 실천하기 힘든 게 공부입니다. 계획보다 미뤄진 부분은 토요일에 몰아서 하고 일요일에는 온전히 휴식을 취하며 스트레스를 발산시키지 않으면 시험공부라는 긴 장애물을 넘을 수 없습니다.

평일에 공부시간을 만들어 내는 사람만이 주말을 자유롭게 활용할 수 있는 여유가 생깁니다.

법칙_09

공부할 만한 환경은 어디에나 있다!

공부는 기분에 좌우됩니다. 아무리 공부할 마음을 먹어도 공부에 손이 가지 않는 환경에서는 오래 지속하기 힘듭니다. 우선 '몸'부터 움직이는 습관을 들입니다.

나만의 공부방이나 서재가 있다면 더할 나위 없이 좋겠지만, 그렇지 않더라도 마음먹기에 따라 얼마든지 공부 공간을 만들 수 있습니다. 협소한 공간이라도 책상에 앉으면 공부할 마음이 생기도록 환경을 만드는 것이 중요합니다.

가령 평소에는 가족이 모이는 응접실 한 쪽을 이른 아침에는 나만의 공부 공간으로 활용할 수도 있습니다. 응접실 한 쪽에서 참고서나 문제집, 사전, 필기도구를 가져다 놓고 그곳에 앉으면 공부할 마음이 생기도록 만드는 것입니다.

'반드시 합격한다!', '목표 달성!', '초지일관' 같이 수험생에게 걸맞은 표어를 붙여두는 것도 효과가 큽니다. 위기감이나 절박한 마음이 집중력을 살려주기 때문입니다.

'표어나 종이 따위를 붙이는 건 어린애들이나 하는 짓 같아서 창피하다'라는 생각은 버립시다. 공부할 때의 기분은 어른이나 아이나 별반 다르지 않습니다.

법 칙_10

향상심이 없는 사람은 멀리 하라

공부를 방해하는 요인 가운데 하나가 인간관계입니다. '어떻게든 되겠지', '처세술만 좋으면 되는 거야' 라고 생각하는 사람과 붙어 다니면 같이 휩쓸려가기 쉽습니다.

'성인인데 누구와 만나든 상관없다'는 생각은 금물입니다. 공부를 하려고 마음먹었다면 주위 사람들부터 살피기 바랍니다.

같은 목표를 향해 공부하는 친구를 두면 더할 나위 없이 좋겠지만, 그것이 여의치 않다면 공부하는 것을 진정으로 응원해주고 이해해주는 사람과 가까이 하십시오. 재미있게 읽은 책과 공부법에 대해 마음을 터놓고 대화할 수 있는 친구가 최고입니다. 입시 준비를 하는 수험생도 마찬가지입니다.

신기하게도 공부를 시작하면 자연스레 공부하는 사람과 가까워집니다. 서점의 전문서적 코너에서 선배를 만난다거나 동료 책상에서 읽고 싶던 책을 발견하기도 합니다.

공부하는 사람은 향상심을 잃지 않습니다. 그러기 위해서는 목표가 분명하고 목표 성취를 위한 열정으로 가득한 사람들과 교제해야 합니다.

법칙_11

아무리 공부를 많이 했어도 '단순 지식 습득'으로만 끝나면 아무런 의미가 없다

공부는 자신에게 이득이 되는 일이므로 계속할 수 있습니다. '공부하는 게 좋아서' 하는 이유만으로는 금방 싫증이 나고 싫증이 나면 그것으로 끝입니다. 단순 지식 습득에는 도움이 될지 몰라도 실제적으로 이득이 되는 것은 하나도 없습니다.

심리학이 그냥 좋다는 이유로 융이나 프로이트의 이론을 아무리 꿰뚫고 있어봤자 '대단한데', '많이 아는데' 하고 주위 사람들의 감탄은 자아낼지 몰라도 그 이상은 아무것도 아닙니다.

일과 직접 관련이 없는 분야라면 그저 자기만족으로 끝나 버립니다.

하지만, 예를 들어, 대학을 졸업한 사람이 편입학 시험에 합격해 심리학 과정을 이수하면서 정신보건복지사 자격증을 땄다면 상황은 달라집니다. 더 나아가 대학원에 입학해 좀 더 깊이 있는 공부를 해서 임상심리사 자격증을 딸 수도 있습니다.

그렇게 되면 단순한 '심리학 마니아' 수준으로 끝나지 않습니다. 좋아하는 일이 직업과 수입으로 연결되는 것입니다.

어떤 공부든 마찬가지입니다. 그저 '좋아서' 라는 이유로 계속 할 것이 아니라 가능한 한 '이득이 되는 목표' 를 지향하는 것이 중요합니다. 명확한 목표만큼 확실한 동기부여는 없습니다.

법칙_12

'올해에는 안 되더라도…….' 라고 생각하는 사람은 실패한다!

시험 날까지 시간이 모자라면 어쩌지, 빠듯하면 어쩌지 하는 불안은 누구에게나 있습니다. 체념하는 순서대로 시험에서 떨어진다고 생각하십시오.

어떤 시험이든 한 번에 합격하기를 목표로 세울 것. 이를 달성하기 위한 공부 기술이나 마음가짐은 이 책에서 설명하겠지만 '반드시 합격한다'는 각오가 기본 전제조건입니다. 자기 자신에게 '반드시 합격한다!'고 수없이 되풀이해 말하십시오.

'올해에는 안 되더라도…….'라는 여지를 주면 긴장감과 집중력이 떨어지기 마련입니다. 슬슬 변명거리도 생겨납니다. 실제로 떨어진 다음에도 '어차피 시험 삼아 해본 건데' 하며 자기 자신과 타협합니다.

다음 시험을 향해 공부를 다시 시작해서 나름대로 실력을 쌓았다 해도 합격된다는 보장은 어디에도 없습니다. 오히려 기가 풀린 상태로 질질 끌다가 시간만 흘려보내다가 고지를 눈앞에 두고 포기하는 경우가 많습니다. 우물쭈물 주저하거나 망설이지 말고 목표는 '한 번에 합격'임을 명심하십시오.

법 칙_13

만점이 아니라 '합격점'을 목표로 계획을 세워라

시험공부는 합격을 위한 공부지 만점을 얻기 위한 공부가 아닙니다. 완벽주의에 빠지지 말고 본시험까지 차근차근 점수를 올리는 학습계획을 세웁니다.

시험은 대개 여러 과목 또는 여러 분야에서 출제됩니다. 완벽하게 이해하겠다는 욕심으로 한 과목에 시간을 너무 많이 써버리면 결국 손도 대지 못한 과목이 생기기 마련입니다. 겨우겨우 훑어는 봤는데 도저히 점수를 따기엔 역부족인 과목이 있으면 낭패가 아닐 수 없습니다.

득점을 생각하면 아주 불리한 상황입니다. 열심히 공부한 과목이라고 만점을 받는다는 보장은 어디에도 없습니다. 미처 손을 대지 못했던 과목에서는 더더욱 고득점을 기대하기 힘듭니다. 결과적으로 총점이 낮아질 수밖에 없습니다.

그러므로 일단 시험일부터 거꾸로 역산해서 학습계획을 세운 다음, 다소 불안하더라도 그 기간 안에 모든 과목을 한 번은 끝내겠다고 마음먹기 바랍니다. 이해가 잘되지 않거나 어려운 부분은 건너뛰어도 괜찮습니다.

점수를 딸 수 있는 과목에서 확실히 득점을 하는 것이 합격을 쟁취하는 지름길입니다.

법 칙_14

먼저 계획을 짜고 거기에 맞춰 문제집을 사라

시험공부는 정해진 기간 안에 끝내야만 합니다. 무턱대고 두꺼운 문제집을 사서 다 풀지 못하면 아무 소용이 없습니다.

시험공부의 첫걸음은 계획 세우기입니다. 가령, 한 달 동안 할 수 있는 분량을 알았다면 그에 맞추어 문제집이나 참고서를 준비합니다.

한 달 안에 목표 분량을 끝낼 수 없는 문제집을 사면 다음 달 계획에 큰 차질이 생깁니다. 무리한 계획은 결국 무리를 낳습니다. 미처 손을 대지 못한 부분이 생기면 찜찜한 마음으로 본시험을 맞이해야 합니다.

이런 불상사를 막기 위해서는 얇아도 좋으니 계획했던 기간 안에 확실히 끝낼 수 있는 문제집을 준비하는 것이 좋습니다. 시간이 남으면 반복해서 복습해도 되고 다른 문제집을 또 한 권 사서 풀면 됩니다.

처음부터 기간 내에 소화하기 벅찬 문제집을 사면 점점 초조해져 오히려 자신감을 잃어버릴 위험이 큽니다.

법 칙_15

피로는 공생해야 하는 적. 피할 수 없으면 즐겨라!

일과 마찬가지로 공부에도 슬럼프가 있습니다. 대개는 정신적 · 육체적 피로에 의한 것입니다. '요즘 컨디션이 좋지 않아' 라고 느낀다면 하루를 푹 쉬도록 합니다.

성인에게 피로와 수면부족은 어쩔 수 없는 현실입니다. 피곤하다고 회사를 쉴 수도 없는 노릇이라 피로는 알게 모르게 쌓여 갑니다. 피로가 쌓이면 공부할 의욕도 사라지고 집중력도 떨어집니다.

마음은 더욱 초조해져 '이런 상태로는 힘들지도 모르겠는데' 하며 약한 마음이 고개를 들기도 합니다.

하지만 '피곤해서 슬럼프가 온 것뿐이다' 라고 생각하면 쓸데없는 불안감은 사라집니다. 이럴 때일수록 편안하게 휴식을 취해야 합니다. 운동을 하면서 땀을 흠뻑 흘리는 것도 좋고 좋아하는 영화를 보는 것도 좋습니다. 어떻게 해서든지 몸과 마음을 편히 쉬게 하는 것이 우선입니다.

너무 무리하면 오히려 공부가 막히고 일에 대한 의욕조차 잃어버리고 맙니다. 40대 이후에는 무리가 무리를 낳아 우울증에 걸리기도 쉬우므로 주의해야 합니다.

법 칙_16

'OO 금지', 'OO 사절'은 역효과!

너무 엄격하게 계획을 세우면 쉽게 좌절할 위험이 큽니다. 좋아하는 일은 적당히 즐기면서 '공부하는 생활' 리듬을 만듭니다.

일과 공부를 병행한다고 하면 어쩐지 집과 회사만 오가는 따분하고 금욕적인 이미지를 떠올리기 쉽습니다. 취미활동 시간이나 지인들과 만나는 시간을 줄이지 않으면 공부할 시간을 마련할 수 없다고 생각합니다.

하지만 좋아하는 취미활동까지 완전히 손을 뗄 필요는 없습니다. 이제까지 주말마다 즐기던 드라이브를 한 달에 두 번 정도만 한다거나 독서나 영화감상은 일요일에 모아서 하는 등 적절한 수준에서 병행하는 것이 오히려 공부 스트레스를 없애는 데 도움이 됩니다.

제 경험을 예로 들자면, 수험생에게 가장 중요한 시기인 고등학교 3학년 때도 매주 일요일에는 빠지지 않고 극장에 갔습니다. 그 즐거움으로 다음 1주일을 버텨낼 수 있었다고 생각합니다.

'공부하는 생활'을 당연시하면서 공부를 계속하는 사람에게는 모두 나름대로 적절하게 숨 돌릴 수 있는 돌파구가 있습니다.

PART 2

공부기술

'맞다, 맞아!'

법칙_01

시험공부는 '기출문제'에서 시작해서 '기출문제'로 끝난다!

시험에 나올 만한 문제를 이해하고 풀어보는 것이 시험공부입니다. '기출문제'에는 해당 시험의 출제경향과 수준이 총망라되어 있으므로 반드시 풀어보아야 합니다.

운전면허 학과시험을 칠 때 법령집을 읽는 사람은 없습니다. 모두 과거에 출제된 문제들을 모아놓은 기출문제를 사서 시험을 준비합니다.

그런데 떨어지는 사람이 의외로 많습니다. '교통법규 정도는 상식으로 알고 있다' 고 기출문제를 등한시한 사람은 대개 떨어집니다. 실제로 문제집을 풀다 보면 답이 애매한 문제가 간간히 보여 '의외로 어려운 걸' 하고 느끼게 됩니다.

시험에서 애매한 지식은 통하지 않습니다. OX문제에도 답이 아리송한 것이 10문제 정도는 포함되어 있습니다. 여기에서 반 이상 틀리면 그것으로 끝입니다. 기출문제를 많이 풀다 보면 처음에 애매했던 것들이 확실히 이해가 되면서 온전한 지식으로 정착됩니다. 비슷한 문제를 수없이 풀어보는 동안 처음에 긴가민가했던 것도 답을 찾아낼 수 있게 됩니다.

법칙_02

'기출문제'를 풀다 보면 앞으로 몇 점을 더 올려야 하는지 알 수 있다

시험공부의 첫걸음은 현재 자신의 실력을 아는 것입니다. 지금 시험을 보면 몇 점이나 받을까? 그 결과에 따라 공부하는 방법이 달라집니다.

기출문제를 풀어보면 합격하기 위해서는 몇 점을 더 따야 하는지, 최저점에도 미치지 못하는 과목은 어떤 과목인지, 지금의 실력으로도 문제없는 과목은 무엇인지 등을 알 수 있습니다.

따라서 어느 과목에 중점을 두고 공부해야 하는지도 가늠이 되기 때문에 시험날까지 학습 계획을 짜기가 쉬워집니다.

한마디로 시험공부는 '합격점수와 본인의 점수 차이를 메우는 공부' 임을 명심하십시오.

법 칙_03

5분을 생각해도 못 풀겠다면 해답과 해설을 봐라!

모르는 것과 잊어버린 것은 아무리 생각해봤자 헛수고입니다. 여기서 질질 끄는 버릇이 생기면 본시험에서 시간이 모자라 낭패를 겪게 됩니다.

문제가 풀리지 않으면 바로 답을 보라는 의미는 아닙니다. 주관식 문제든 OX문제든 지식과 기억을 정리하고 답을 생각하는 시간이 필요합니다.

그러나 그 시간은 3~5분 이내로 하십시오. 조금 생각하면 기억이 되살아날 때도 있습니다.

하지만 5분 이상은 안 됩니다. 본인의 머릿속에 있는 지식을 총동원해 문제를 풀겠다는 자세는 훌륭합니다만, 시험을 눈앞에 둔 사람이 취해야 할 태도는 아닙니다. 문제를 푸는 것은 어디까지나 정답과 정답을 푸는 방법을 알기 위해서, 자신의 실력을 알기 위해서입니다.

그러므로 '암기' 문제는 답이 기억나지 않으면 바로 해답을 보기 바랍니다. 그것을 기억해내기 위해 생각에 생각을 거듭해봤자 시간 낭비일 뿐입니다. 수많은 문제를 풀고 또 풀면서 외우고 또 외우고, 불안하면 암기카드를 만들어서 틈날 때마다 수시로 복습하는 방법이 최선입니다.

법 칙_04

마음에 들지 않는 참고서나 문제집은 버려라!

참고서나 문제집을 '한번 샀으면 끝까지 공부해야 한다'는 생각은 버리십시오. 쓰다가 마음에 들지 않으면 바로 던져버리고 자신에게 맞는 것을 찾아야 합니다.

'이거면 될 거 같은데' 하는 생각으로 집어 든 참고서나 문제집이 실제로 써보니 자신에게 맞지 않거나 내용이 딱딱해서 금방 싫증나는 경우가 있습니다. 책이 너무 크다든가, 활자가 눈에 잘 안 들어온다든가, 내용은 괜찮은데 익숙하지 않아 불편하다든가 등등.

이럴 때 보통 '어렵게 고른 건데 버리자니 아깝다'라는 생각에 그냥 참고 쓰게 됩니다. 하지만 저는 반대입니다. 안 그래도 공부하기 지겨운데 이런 쓸데없는 인내까지 더할 필요는 없다고 생각합니다. 아직 풀지 않은 문제가 많이 남아 있어도 자기에게 맞는 것으로 다시 구입하도록 합시다.

'이것저것 손대는 놈은 실패한다'는 것은 잘못된 생각입니다. 마음에 들지 않는 것을 참고 쓰는 사람이야말로 실패합니다. 시행착오를 몇 번 겪을 각오를 하고 마음에 드는 참고서나 문제집을 찾아 철저히 공부하면 됩니다.

법 칙_05

마음에 드는 참고서는 '두 권' 을 사라!

같은 참고서를 두 권 가지고 있으면 한 권은 가지고 다니면서 전철 안에서 등 시간 날 때마다 볼 수 있습니다. 이렇게 하면 복습을 자주 할 수 있어 기억에 오래 남습니다.

형형색색의 형광펜과 볼펜, 각종 표시로 참고서가 지저분해져도 신경 쓰지 마십시오. 확실하게 기억했다고 생각되는 부분은 검은 칠을 해도 좋습니다.

가능하면 여분으로 또 한 권을 구입해 늘 가지고 다니면서 틈날 때마다 복습하는 데 사용하기를 권합니다.

시험공부는 대개 암기가 목적이므로 복습에 중점을 두어야 합니다. 같은 참고서를 두 권 가지고 있으면 그만큼 자주 볼 수 있기 때문에 전체의 흐름이나 몇 페이지에 어떤 내용이 있는지 하는 것까지 상세하게 기억하기 쉽습니다.

한 권은 내 마음껏 쓸 수 있으므로 나에게 맞게 요리할 수 있습니다. 때 묻지 않은 참고서와 비교하면 '열심히 공부했구나' 하는 뿌듯한 마음이 들기도 합니다.

법 칙_06

모의고사 등수나 편차치는 마음에 두지 마라!

어느 정도 공부했는지 파악하기 위해 치르는 것이 모의고사입니다. 순위나 편차치를 걱정해봤자 구체적인 대책 마련이 되는 것도 아니므로 지나치게 의식하지 않는 게 좋습니다.

어느 정도 공부를 했다면 학원이나 세미나 혹은 기타 기관에서 주관하는 모의고사에 적극적으로 참여합니다. 여기서 '어느 정도'의 의미는 필수과목을 한 번은 전부 훑어본 단계를 말합니다.

여기서 '아직 자신이 없다'거나 '결과가 나쁘면 오히려 자신감을 잃어버릴 수 있으니 그만두자'라고 생각하면 안 됩니다. 모의고사는 합격의 가능성을 판정하는 것이 아니라 '현 시점에서 어느 정도 수준인지 가늠하는 것'이 목적이기 때문입니다.

시험 결과를 보면 과목별 진척상황을 확인할 수 있습니다. '이 과목은 70점 정도 받을 수 있을 것 같은데, 저 과목은 아직도 40점밖에 안 되네. 이 과목을 좀 더 중점적으로 공부해야지' 혹은 '이 과목은 엄청 열심히 했는데 별로 진척이 없네. 일단은 제쳐두고 다른 과목에서 득점을 노리자' 하는 식으로 궤도 수정도 가능합니다. 순위나 합격, 불합격에만 목을 매면 구체적인 궤도 수정은 불가능해집니다.

법 칙_07

모의고사는 '가슴이 두근두근, 콩닥콩닥' 최고의 자극제

모의고사는 문제형식이나 제한시간이 본시험과 똑같이 설정되어 있는 데다 합격을 향해 뛰는 수많은 경쟁자가 모입니다. 이보다 더 좋은 자극은 없습니다.

지방에 살면서 혼자 공부하는 사람은 비용이 들더라도 가능하면 대도시에서 실시하는 모의고사를 볼 것을 권유합니다.

최근 출제경향이나 최신정보를 알 수 있을 뿐 아니라 같은 목표를 지향하는 사람들이 모이는 만큼 현실적으로 다가옵니다. 본시험 시간 배정도 알 수 있습니다.

이런 체험은 일과 공부를 병행하는 직장인에게 더 없이 좋은 자극이 됩니다. 한 번 모의고사를 치르고 나면 결과를 떠나 '여기까지 온 이상, 뒤로 물러설 수 없다!' 는 중압감과 의욕이 저절로 생겨납니다.

더구나 모의고사에서 본 문제는 더욱 강하게 뇌리에 남습니다. 본인의 약점을 확실히 파악하게 되므로 참고서나 문제집으로 공부할 때 범위를 좁혀 집중할 수 있습니다. 들인 비용 이상의 효과를 얻을 수 있는 것이 모의고사입니다.

법칙_08

작은 실수를 가볍게 넘기는 사람은 떨어진다!

시험은 결과가 전부입니다. 몰라서 풀지 못한 문제나 어이없는 실수로 틀린 문제나 점수를 따지 못했다는 의미에서는 다르지 않습니다.

예상문제집을 풀 때 작은 실수를 관대하게 넘어가는 사람이 있습니다. '부주의해서 실수를 한 것뿐이니 본시험에서 침착하게 풀면 돼' 하고 가볍게 생각하는 것입니다.

그러나 본시험에서 이런 생각은 통하지 않습니다. 아는 문제를 틀린 것은 분명 실수지만, 스포츠에서든 시험에서든 작은 실수라고 해서 용납되지는 않습니다.

그러므로 작은 실수도 가볍게 보지 마십시오. 왜 실수를 했는지 곰곰이 생각해보고 대책을 강구해야 합니다.

문제를 끝까지 읽지 않는 버릇이 있다면 문제를 풀 때 밑줄을 그어가며 핵심을 확인하는 습관을 들이십시오. 철자나 계산착오, 용어에 대한 이해 부족이 원인이라면 여러 번 확인해서 같은 실수를 되풀이하지 않도록 철저히 대비합시다.

법칙_09

'기출문제 샌드위치' 방식으로 공부하라!

합격점 이상을 따는 것이 시험공부라고 결론을 내리면 방법은 간단합니다. 기출문제 풀기 ➔ 약점을 파악하고 그 부분을 중점적으로 공부하기 ➔ 다시 기출문제 풀기의 반복입니다.

시험공부에 비책은 없습니다.

그러나 어리석은 우책(愚策)은 있습니다. 교과서나 참고서를 처음부터 끝까지 이해하겠다는 생각은 어리석은 생각입니다.

올바른 공부법은 무엇일까요? 단기간 내에 합격점을 받는 공부법입니다.

제가 '기출문제 샌드위치'라고 이름 붙인 방법은 실로 간단하고 효율적인 공부법입니다. 간단하기 때문에 설명하기도 쉽습니다.

일단 과거 3년간 기출문제를 풀어봅니다. 실수가 많았던 분야나 과목을 추려내어 그 부분을 다시 참고서와 교과서로 공부합니다.

이 과정이 한 번 끝나면 다시 과거 3년간 기출문제를 풀어봅니다. 이런 식으로 계속 되풀이하면서 기출문제와 참고서 공부를 병행하는 것입니다. 실력이 쌓일 때까지는 1년 치씩 해도 괜찮습니다. 망설이지 말고 이런 식으로 끝까지 밀고 나가십시오.

법칙_10

지레짐작 공부법은 실패한다

해답이나 해설을 읽으면서 '맞아, 맞아' 하며 무릎을 칩니다. 그렇지만 막상 같은 문제를 풀어보면 어떨까요? 의외로 중간에 막히는 경우가 많습니다.

5분 동안 생각해보고 모르겠으면 해답과 해설을 보라고 앞에서 이야기했지만, 그렇다고 지레짐작으로 '알 것 같다' 고 판단하고 그냥 넘어가서는 안 됩니다. 빈 곳을 채우는 문제에서 해답을 보고 '맞아, 이거였지' 하며 이해했다고 그대로 넘어갔는데 막상 비슷한 다른 문제를 풀어보면 또 막힐 때가 있습니다.

기출문제나 예상문제를 아무리 많이 풀었어도 기억에 정착되지 않은 애매한 상태에서 그냥 본시험을 치러서는 안 됩니다. 본시험에서 '아! 이 문제는 풀 수 있을 줄 알았는데' 해봤자 이미 때는 늦습니다.

이런 불상사를 피하기 위해서는 해답이나 해설을 확인한 다음 가능하면 그날 안에, 늦어도 다음날 복습할 때에는 같은 문제를 다시 풀어보는 것이 좋습니다.

확실히 알고 있다면 바로 답을 쓸 수 있으므로 시간도 얼마 걸리지 않습니다. 여기서 ' 아? 뭐였지?' 하고 헤맨다면 이번에야말로 확실히 외울 수 있는 기회입니다.

법 칙_11

예습은 무의미!
복습을 철저히 하자

기억의 정착을 위해서는 복습만이 전부입니다. 풀지 못한 문제를 참고서로 공부하는 것도 복습, 같은 문제를 다시 푸는 것도 복습입니다.

학원에 다니면서 강의를 들을 때도 예습은 하지 않아도 됩니다. 열심히 강의를 듣고 모르는 것은 질문하고 집에 가서는 그날 배운 것을 교과서나 노트로 확인하고 연습문제를 풀어봅니다. 풀지 못한 문제는 해답과 해설을 읽으며 복습, 또 복습합니다.

혼자 공부하는 경우에도 우선 기출문제와 예상문제를 풀어 보고 모르는 곳을 중점적으로 다시 공부하고 또 다시 문제를 풀고 하는 식의 복습만이 살 길입니다. 뇌의 구조를 봐도 암기하는 데는 역시 복습이 최고입니다. 그것도 다음날 복습이 가장 효과적입니다.

이른 아침에 공부하는 사람은 우선 전날 공부한 것부터 복습하십시오. 주로 밤에 공부를 한다면 출근이나 등교시간 틈틈이 복습합니다. 한 번 배우거나 외운 내용은 짧은 시간에 이해가 되므로 예습보다는 복습이 훨씬 효율적인 공부법입니다.

법 칙_12

시험공부는 원래 더럽고 치사한 것이다!

자격시험에서 원리나 이론을 요구하는 일은 절대 없습니다. 단지 외우고 있느냐 아니냐만 묻습니다. 더럽고 치사한 공부가 되는 것도 어쩔 수 없는 일입니다.

정장 차림의 비즈니스맨이 주머니나 가방에서 암기카드를 꺼내드는 모양새가 썩 훌륭한 것은 아닙니다. 그렇지만 이런 데 마음을 쓰는 사람은 절대 합격할 수 없습니다.

합격을 목표로 하는 시험공부에서 아는 척하는 것은 무용지물, 그냥 달달 외워야 하는 부분이 많기 때문입니다. 다른 사람들은 어떻게 극복했을까요?

특별한 비책 같은 것은 없습니다. 단어장이나 암기카드를 만들어 가지고 다니면서 그저 틈나는 대로 반복해서 외우는 수밖에 다른 도리가 없습니다. 집에서는 물론 화장실 등 보이는 곳곳에 암기카드를 붙여놓고 필사적으로 암기합니다. 수험생이라면 당연한 일입니다.

성인도 마찬가지입니다. 자기 나름대로 암기카드를 만들어 항상 몸에 지니고 다니면서 틈이 날 때마다 꺼내 보십시오.

법 칙_13

합격하는 사람의 노트는 지저분하다

노트에 요점만 적어놓을 요량이라면 참고서에 형광펜이나 색연필로 표시하는 것만으로도 충분합니다. 노트를 만들 거라면 마음껏 나만의 놀이터로 꾸며도 괜찮습니다.

노트가 남달라야만 하는 것은 아닙니다. 정성을 들여야 한다든가, 보기 좋아야 한다든가, 형형색색 표시가 되어 있어야 한다는 생각은 버리라는 말입니다.

저는 수험생 시절에 선생님이 건네신 농담이나 나 스스로 했던 반성, 갑자기 떠오른 생각 등 무엇이든 노트에 적곤 했습니다. 인사치레라도 노트 정리 잘했다는 칭찬을 들을 만한 노트는 절대 아니었습니다.

하지만 본인만 알아볼 수 있다면 아무런 문제가 되지 않습니다. 이것저것 적혀 있어 복잡하고 지저분해 보여도 펼치면 바로 알 수 있으면 됩니다. 읽는 데 시간이 걸릴 일도 없습니다. 도무지 공부할 마음이 생기지 않을 때는 지저분한 노트를 뒤적이는 것만으로도 충분히 복습이 됩니다.

만약 대학입시를 준비하는 수험생이라면 시시한 학교 수업에 흥을 돋우겠다는 마음으로 선생님의 버릇 같은 것을 기록하는 나만의 재미있는 노트를 만들어 보십시오.

법 칙_14

기억하는 양이 적을수록 머릿속에 남는다

애써 외워봤자 새로운 지식이나 정보가 들어오면 오래된 기억은 바로 지워집니다. 너무 한꺼번에 많은 정보가 들어오면 흘러 넘쳐버립니다. 적당한 분량을 확실히 외우는 것이 효과적인 공부법입니다.

당연한 말이지만 시험공부를 할 때 기억하지 않아도 되는 것까지 외울 필요는 없습니다. 기출문제를 풀면서 출제 가능성이 희박한 것은 그냥 제쳐두어도 괜찮습니다.

'혹시 나오면 어쩌지' 하는 불안한 마음을 이해하지 못하는 것은 아니지만 이것저것 다 외우려 하다 보면 전에 외웠던 것까지 잊어버리거나 기억 전체가 희미해질 위험도 있습니다.

만점을 받을 필요는 없습니다. 생각지도 않는 문제가 나와도 다른 문제에서 확실하게 점수를 따면 됩니다.

그러므로 출제빈도가 높은 문제를 확실히 외우는 것에 중점을 두고 공부하십시오. 공부를 계속 하다 보면 하루에 어느 정도 분량과 범위를 해낼 수 있는지 판단이 섭니다.

'이왕 하는 거' 라는 생각으로 당초 범위를 초과하다 보면, 복습하는 데 시간이 걸릴 뿐 아니라 외우지 못한 부분까지 생겨 오히려 마음이 불안해집니다.

법칙_15

어려운 과목은 뒤로 돌려라

마음의 여유는 모든 공부에서 필수조건입니다. 처음부터 어려운 과목에 매달리다 보면 시간을 허비해 초조해지기만 할 뿐입니다.

정해진 기한 안에 '필수과목'을 전부 마쳐 합격점 이상을 받아야 하는 게 시험공부입니다.

그러나 처음부터 어려운 과목과 씨름하다 보면 시간은 시간대로 허비하고 계획대로 진도는 나가지 않습니다. 시간이 모자라 필수과목을 전부 다 훑어보지 못한 채 본시험에 임하면 불안함에 아는 문제도 틀릴 수 있습니다.

어려운 과목은 넘어야 할 큰 산임이 분명합니다. 하지만 가능하면 잘하는 과목에서 최대한 점수를 많이 따고 자신이 없는 과목은 '어떻게든 여기서 최저점 이상만 받으면 되는 거야' 하는 방향으로 가는 것이 현명합니다.

과목별 최저 점수가 설정되지 않은 경우라면 공부해도 점수가 오르지 않는 과목은 과감하게 포기하는 용기도 필요합니다.

점수를 딸 수 있는 과목에서 점수를 최대한 따는 것도 훌륭한 합격 작전 가운데 하나입니다.

법 칙_16

슬럼프에 빠졌을 때는 '나만의 공부 패턴' 을 만들어라

늘 최상의 컨디션을 유지하기는 어렵습니다. 의욕이 일지 않아 의기소침해지는 날을 극복할 수 있는 확실한 작전을 세워둡니다.

나는 수험생들에게 늘 '슬럼프라고 느껴지는 날에는 자신 있는 과목을 공부하라' 고 말해줍니다. '오늘은 잘 안 풀리는데' 하는 날에는 어려운 과목을 붙들고 끙끙대지 말고 가벼운 마음으로 잘하는 과목에 집중하는 것이 좋습니다. 문제를 하나하나 술술 풀어가는 동안 '이 과목이라면 문제없어' 하고 자신감을 되찾을 수 있기 때문입니다.

성인들도 마찬가지입니다. 일에 쫓기거나 다른 걱정거리가 있을 때, 의욕이 떨어질 때를 대비해 '나만의 업무 패턴' 같은 것을 만들어두면 무너지지 않고 지나갈 수 있습니다. 공부를 할 때 무엇보다 중요한 것은 지속성입니다. 너무 피곤해 쓰러지지 않는 한 짧은 시간이라도 책상에 앉는 습관만은 유지하는 것이 중요합니다.

잘하는 과목의 참고서를 읽거나 자기가 목표로 하는 자격시험의 전문잡지를 넘겨보는 것도 좋은 방법입니다. 완전하지는 않지만 공부하는 기분은 맛볼 수 있습니다.

법 칙_17

서점은 공부하는 사람의 기운이 넘치는 곳

시험은 정보 싸움입니다. 관련 잡지나 참고서에 관심을 두고 항상 최신의 정보를 입수하면 대책수립이 쉬워집니다. 서점 한 쪽을 차지하는 관련 코너에 가면 의욕도 솟아납니다.

공부하는 사람은 서점에 자주 갑니다. 비단 자격시험을 목표로 하는 사람뿐 아니라 좀 더 깊이 있는 전문지식을 갈망하는 사람, 관심 있는 분야를 더 깊이 공부하고자 하는 사람 혹은 천성적으로 책을 좋아하는 사람이 일상적으로 모이는 곳이 바로 서점입니다.

서점에 발을 들여놓는 순간, 그런 사람들이 뿜어내는 기운을 느끼게 됩니다. 그런 기운에 휩싸이면 공부하고 있다는 사실을 새삼 깨닫게 됩니다. 서점에 가면 서점에서만 느낄 수 있는 편안함이 있습니다.

또한 각종 자격시험이나 관련 잡지 코너에 가보면 다양한 정보가 게시되어 있어 최신 출제 경향 분석이나 합격률, 합격자의 체험담, 자격 취득 후 취업 현황이나 비전 등, 실제적인 정보가 넘쳐납니다. 그런 곳에 있는 것만으로도 훌륭한 자극제가 됩니다. 여러분은 이미 공부하는 사람이니 서점에서 자기만의 영역을 만들어 보십시오.

법 칙_18

도서관에서 문제집을 풀면서 모의고사 효과를 노려라

도서관에 가면 주위에 공부하는 사람들로 넘쳐납니다. 본시험과 마찬가지로 주위 사람들을 의식하지 않고 자기 공부에만 집중할 수 있는 최상의 환경입니다.

공부하는 사람은 공공기관에서 운영하는 도서관을 자주 활용하는 것이 좋습니다. 평일에 미처 끝내지 못한 부분을 토요일에 집중적으로 공부하고 싶은데 집에는 가족이 있어 집중이 안 된다면 집 근처 도서관에 가기를 권합니다.

수험생은 물론 맹렬 공부파들이 한 치의 흐트러짐도 없이 노트나 참고서와 씨름하고 있습니다. 그런 곳에 가면 처음에는 주위 환경에 익숙하지 않아 어색하겠지만 주눅이 들 필요는 없습니다. 모의고사를 보고 있다고 생각하면 분위기에 위축되지 않고 자기 공부에만 전념할 수 있습니다. 일종의 '환경적응 감각'이 몸에 배는 것을 느낄 것입니다.

특히 기출문제나 예상문제를 풀 때 도서관만큼 좋은 곳은 없습니다. 본시험 때처럼 제한시간을 정해 놓고 경쟁자에 둘러싸여 답안을 쓰는 연습을 한다고 생각하십시오. 과목당 90분이 주어지는 시험이라면 집에서는 어렵지만 도서관에서는 가능합니다.

법 칙_19

공부에도 워밍업이 필요하다

운동을 하기 전에 몸을 푸는 것은 상식입니다. 뇌도 몸의 일부입니다. 공부하기 전에 '자! 이제부터 시작이다'는 의식을 거행합니다.

아침시간에 공부를 하는 사람은 특히 그렇습니다만, 눈을 뜨자마자 바로 책상에 앉아도 효율이 바로 오르지는 않습니다. 간단한 스트레칭도 좋고 바깥 공기를 쐬면서 심호흡을 하는 워밍업이 필요합니다.

'오늘도 힘내자' 라는 마음이 생겨야 자신감도 생깁니다. 수험생이든 성인이든 하루의 출발을 얼마나 상쾌하게 하느냐는 매우 중요한 문제입니다.

하루 일과를 끝낸 후 밤에 공부를 할 때도 마찬가지입니다. 피로를 날려버리는 의미에서 가벼운 스트레칭이나 샤워를 하는 것도 효과적입니다.

그런 다음, 어깨를 펴고 책상 앞에 앉으면 머리도 바로 '공부 모드' 로 전환됩니다. 이런 의식을 매일 거행하다 보면 모드 전환도 빨라집니다.

법 칙_20

공부는 '알면 알수록 빨라진다'

무슨 일이든 기초를 다지는 데는 많은 시간이 필요합니다. 종종 '이런 상태로 계속 가도 괜찮을까?' 하는 불안한 마음이 생기기도 합니다. 그러나 참는 수밖에 없습니다. 급하게 먼저 가려는 사람부터 무너지기 마련입니다.

어떤 공부건 처음에는 누구나 힘이 듭니다. 외워야 할 것은 많고 이해는 안 되고 시간은 잘도 흘러갑니다. 결심과 의지가 흔들리는 것도 어쩔 수 없습니다.

하지만 기초를 다지는 시기는 원래 그런 것이라고 생각하십시오. 모르는 것은 그때그때 사전을 펼치거나 참고서를 보면서 확인해야 합니다. 분명히 알고 있던 것도 잊어버리거나 희미해지기 일쑤입니다. 앞으로 나아간다는 실감이 좀처럼 들지 않는 시기입니다.

그런 단계를 뛰어넘어야 공부에 가속도가 붙습니다. 이해력이 높아지면 문제의 의미도 금방 파악되어 답을 쓰는 시간도 빨라집니다. 공부라는 것은 '알면 알수록 빨라진다'는 진리를 기억하기 바랍니다.

법 칙_21

수험공부는 '추월형' 이 이기게 되어 있다!

공부에서 '먼저 끝내기' 가 대수는 아닙니다. 종반 집중력에 폭발적인 힘이 숨어 있습니다. 그 힘을 얼마나 잘 활용하느냐가 관건입니다.

저는 대학입시를 준비하는 수험생에게 '여름방학 한 달과 겨울방학 한 달은 공부 속도가 어마어마하게 다르다' 는 말을 자주 합니다.

실제로 영어를 읽는 속도나 수학문제를 푸는 속도가 2배 이상 빨라지는 것이 눈에 보입니다. 마지막 구슬땀을 흘려야 하는 시기이므로 공부시간도 늘어납니다. 시간 활용에도 짜임새가 생겨 공부 밀도도 달라집니다.

시험을 코앞에 둔 겨울방학은 여름방학에 비해 실질적으로 8배 정도 빨라진다고 실감할 정도입니다.

이것은 어떤 시험이나 마찬가지입니다. 시험이 한 달 앞으로 다가오면 절박한 심정이 되어 본인이 생각해도 놀라울 정도로 집중력을 발휘합니다. 해야 할 공부가 무엇인지도 파악하고 있어 시간을 낭비하는 일도 없습니다. 이 시기에 폭발적인 힘을 발휘하는 사람만이 합격을 쟁취합니다.

법칙_22

죽기살기 공부로 불안을 떨쳐내라

본시험 날이 다가올수록 자신의 페이스를 잃지 않고 최상의 컨디션을 유지해야 한다는 강박관념은 버리십시오. 시도 때도 없이 엄습해 오는 불안은 '죽기 살기 공부'로 떨쳐버리는 것이 최선입니다.

아무리 자신감에 넘치는 사람이라도 막상 시험이 코앞에 닥치면 이런 저런 불안감이 생기기 마련입니다. '최선을 다 했다', '어떻게든 되겠지' 하고 스스로 위로해도 마음은 여전히 안정되지 않습니다.

이런 불안을 안고 지내 봤자 이득될 게 하나도 없습니다. 오히려 지금보다 더 힘을 내서 죽기살기로 공부하십시오. 그것이 가능한 시기입니다.

앞에서 설명한 것처럼 '기출문제 샌드위치'와 같은 실전 형식으로 수없이 복습을 되풀이하면서 득점 가능 범위를 확실히 굳히는 것입니다.

필수과목 가운데 마음에 걸리는 부분이 있으면 '벼락치기'도 좋으니 암기해보십시오. 그런 몸부림에 가까운 공부라도 계속하면 불안을 느낄 틈이 없습니다. 벼락치기도 되풀이하면 기억 속에 정착됩니다. 도중에 멈추면 이도 저도 아무것도 안 됩니다.

PART 3
시간관리

'규모있고 쓸모있게 시간 관리하기'

법 칙_01

의미 없이 흘러가는 시간을 활용하라

시간관리라고 해도 사실은 특별한 비법이 있는 것은 아닙니다.
시간은 항상 흘러간다는 사실을 잊지 말 것, 단지 그것뿐입니다.

지금까지 쓸모없이 낭비했던 시간들을 유용하게 활용하는 것이 합격을 위한 공부라고 생각하십시오. 식사시간이나 잠자는 시간, 목욕이나 좋아하는 텔레비전 프로그램을 보는 시간까지 아껴서 공부하라는 것은 아닙니다. 시간을 쪼개고 또 쪼개어 계획해봤자 실행은 불가능하기 때문입니다.

'그런 식으로 해서 공부를 해도 되는 건가?' 하고 불안해할 필요는 없습니다. 남는 시간만 활용해도 충분히 공부할 수 있습니다.

지금까지 생활에서 쓸모없이 낭비하면서 흘려보낸 시간을 이용하십시오. 퇴근 후 친구들과의 모임을 거절하지 못해 낭비한 시간, 좋아하는 텔레비전 프로그램이 끝났는데도 마냥 텔레비전 앞에 앉아 있던 시간, 아무 목적도 없이 인터넷을 서핑하던 시간같이 낭비했던 시간들 말입니다. 이런 시간을 공부하는 데 쓰면 됩니다. 수험생도 마찬가지입니다.

법 칙_02

누구에게나 하루 2시간, 공부할 수 있는 시간이 있다

자격시험을 목표로 하는 데 1년 정도 준비기간이 있다면 하루 2시간을 목표 시간으로 정하십시오. 이것을 주저하는 사람은 포기하는 것이 좋습니다.

사회생활을 하는 사람이라면 하루에 2시간 정도가 적절한 공부시간입니다. 24시간 중에 일하는 시간 12시간(출퇴근 시간 포함), 잠자는 시간을 7시간, 식사와 목욕시간 2시간, 휴식시간 1시간을 빼면 계산상 2시간이 남게 됩니다.

하지만 '숫자상으로는 2시간이 남지만 퇴근 후에 그렇게 긴 시간을 매일같이 공부할 수 있을까?' 하는 걱정이 들 것입니다.

여기서 거꾸로 한번 생각해봅시다. 숫자상으로는 공부에 할애할 수 있는 시간을 2시간이나 만들 수 있는데 대체 그 시간들이 다 어디로 사라지는 걸까요?

2시간은 전혀 긴 시간이 아닙니다. 매일 무심히 낭비했던 시간을 되돌리겠다는 마음가짐이 필요합니다.

법 칙_03

아침 1시간이 달라지면 하루가 달라진다

하루 2시간이라는 시간 중에 적어도 온전히 이어지는 1시간은 꼭 필요합니다. 매일 확실하게 1시간을 확보할 수 있는 시간은 아침뿐입니다.

암기는 자투리 시간을 이용할 수 있지만 문제집을 풀거나 참고서를 펼쳐 모르는 부분에 대한 이해를 넓혀야 하는 경우에는 자투리 시간만으로는 충분하지 않습니다. 적어도 1시간, 가능하면 90분 정도 온전한 시간이 필요합니다.

그 시간을 집에 가서 만들려고 해도 직장인의 경우 야근을 해서 쌓인 피로나 회식 자리에서 마신 술기운이 남아 있어서 책상에 앉아도 집중하기 힘든 날이 많습니다. 매일 정시에 퇴근해 저녁식사를 끝내고 8시에 공부를 시작할 수 있는 사람은 그리 많지 않습니다. 하지만 아침에는 이런 걱정을 할 필요가 없습니다.

늦게 자도 아침에 일찍 일어나는 습관을 기르면 생활리듬이 아침형 인간으로 바뀝니다. 밤에 낭비하는 시간을 없앤다는 의미에서라도 조용히 공부할 수 있는 아침시간을 활용하도록 노력하십시오.

법 칙_04

쉬는 시간까지 줄여가며 공부를 계속하기는 힘들다

편안히 쉬는 시간, 가령 목욕이나 식사 혹은 차 한 잔 마시는 시간은 '필요한 시간' 입니다. 낭비하는 시간은 '의미 없는 시간' 을 말합니다.

모든 사람에게는 필요한 시간이 있습니다. 산책을 하거나 스트레스 발산, 건강관리를 위해 스포츠센터에 가거나 좋아하는 음악을 들으며 차 한 잔 마시는 시간 등입니다.

이런 시간까지 줄여가면서 공부할 필요는 없습니다. 직장인이라면 어떻게 피로를 잘 풀어 공부하고자 하는 의욕을 불러일으키느냐 하는 것이 중요합니다. 욕조에 몸을 푹 담그면서 하루에 쌓인 피로를 푸는 것이 낙인데 그 즐거움까지 줄이면서 공부를 해봤자 효율은 결코 올라가지 않습니다.

식사시간도 마찬가지입니다. 아침식사는 반드시 챙겨먹어야 합니다. 가족들이나 친구들과 함께 즐겁게 대화하면서 즐기는 저녁시간 또한 우리에게 반드시 필요한 시간입니다.

이는 수험생도 다르지 않습니다. 아침부터 밤까지 하루종일 공부에 매달리다 보면 금방 지치기 마련입니다. 공부하고자 하는 마음이 생기는 시간을 잘 써야 합니다.

즐겁게 지내는 시간까지 공부에 쏟아부을 필요는 없습니다.

법 칙_05

자기를 책망하는 사람은 공부에서도 실패한다

거창한 계획을 세워도 그대로 되지 않는 것이 공부입니다. '난 안돼' 라는 마음을 가지면 공부를 계속할 기력조차 잃어버리게 됩니다.

입시 공부만이 아니고 어떤 공부든지 가장 중요한 것은 '꾸준함' 입니다. 마음에 비가 오고 파도가 치는 날이라도 손을 놓지 않고 꾸준히 지속하는 자세가 중요합니다.

매일 설정한 목표도 중요하지만 설사 목표를 달성하지 못하는 날이 있더라도 낙담할 필요는 없습니다. 안 되는 날은 안 되는 대로 '오늘은 문제집이나 서너 페이지 풀자' 라는 식으로 달성 가능한 목표로 줄이면 됩니다.

꾸준히 하다 보면 눈에 보이지 않는 실력이 쌓여갑니다. 긴 안목으로 보면 작은 실천이 좋은 결과로 이어집니다. 언젠가는 '포기하지 않기를 잘했어' 라는 마음이 들 것입니다.

목표 달성에만 너무 매달리면 계획을 지키지 못했을 때 초조함이 일면서 자신감을 잃어버리기 쉽습니다.

'이번에도 안 되면 어쩌지' 하는 불안함과 체념은 애써 결심하고 노력했던 시간마저 허사로 만들어버립니다.

법 칙_06

본인의 '집중력'에 공부시간을 맞춰라

집중력은 오래 가지 못합니다. 처음부터 무리하게 공부계획을 세우면 금방 한계를 드러내 좌절하고 맙니다.

저 또한 집중력이 없는 사람 중 한 명입니다. 원고를 쓸 때도 30분이 한계입니다. 그 시간마저 왔다 갔다 하며 책상에 진득하게 붙어 있지 못하는 경우가 많습니다. 입시공부를 할 때도 그랬습니다. 참고서를 볼 때나 문제를 풀 때 10분에 한 번 꼴로 방 안을 걸어다니곤 했습니다.

하지만 장시간 집중을 하지 못한다 해도 걱정할 필요는 없습니다. 짧게 집중할 수 있는 시간을 모아 공부시간을 확보할 수 있으니까요. 집중력에 자신이 없는 사람은 본인이 최대한 집중할 수 있는 시간으로 나누어 공부 계획을 짜면 됩니다.

예를 들어 목욕하기 전 30분과 목욕 후 30분을 저녁 공부시간으로 정하는 것입니다.

'이 정도라면 할 수 있겠어' 하는 시간을 정해 계획을 세웁니다. 어느 정도 기초가 세워지고 짧은

시간이지만 집중력을 발휘하는 습관이 몸에 배이면 집중할 수 있는 시간도 차츰 늘어납니다.

법 칙_07

공부 매듭은 시간이 아니라 분량으로 정해라

집중력이 없을 때일수록 시간에 관대해집니다. '2페이지만 더 풀자' 라는 식으로 정해놓으면 기분 좋게 공부를 마칠 수 있습니다.

'앞으로 1시간만 공부하자' 라고 마음을 먹어도 집중력이 없는 사람은 도중에 포기하거나 멍하니 보내는 시간이 많습니다. 이래서는 '이제 끝났다!' 라는 안도의 마음이 생기지 않습니다.

특히 학교 공부와 달리 시작과 끝이 없는 공부는 스스로 구분을 지어야 합니다. 공부를 끝맺을 때는 시간이 아니라 분량으로 정하는 것이 좋습니다. 집중력에 자신이 없는 사람일수록 이 방법이 효과를 발휘합니다.

처음에는 짧은 시간에 끝낼 수 있는 적은 분량으로 시작합니다. '오늘 안에 10페이지를 풀겠다' 가 아니라 '2페이지만 더 하자' 는 식으로 매듭을 짓는 것입니다. 집중력이 없는 사람이라도 2페이지는 해낼 수 있습니다.

일단 정해놓은 분량을 다 끝내고 '좀 더 해도 되겠는데' 하는 마음이 들면 2페이지를 더 하는 식으로 이어갑니다. 이것은 짧은 시간에 집중력을 높여 주는 효과적인 방법입니다.

법 칙_08

1주일을 7로 나누어서는 안 된다

주 단위의 목표분량을 정했다면 그것을 5로 나누어 하루 분량을 정합니다. '이건 좀 많은데' 하는 생각이 들면 다시 줄이면 됩니다.

가령 기출문제를 1주일에 50페이지 풀기로 계획을 세웠다고 합시다. 그것을 5로 나누면 하루에 10페이지가 됩니다. 실제로 풀어보고 실행 가능하다는 생각이 든다면 그것으로 목표를 정합니다.

생각보다 시간이 걸리지 않아 좀 더 할 수 있겠다고 판단되면 목표량을 올립니다. 하지만 보통은 말처럼 쉽지 않습니다. '될 것 같은데 안 되네' 하는 경우가 대부분입니다.

그렇다 해도 큰 문제는 없습니다. 다 하지 못한 부분은 나머지 이틀 가운데 하루를 써서 만회하면 됩니다. 본인의 사정이나 상황에 맞추어 토요일이나 일요일을 활용하는 것입니다. 남는 하루는 완전히 공부에서 해방되어도 좋고 조금 불안하면 저녁 시간에 한두 시간 정도 복습을 해도 좋습니다. 중요한 것은 1주일 단위로 정해놓은 목표량을 확실히 소화하는 것입니다.

1주일을 처음부터 7로 나누면 채우지 못한 분량을 만회할 시간이 없습니다.

법 칙_09

공부하는 시간은 매일 바뀌어도 상관없다

매일 공부하는 시간을 정해놓으면 싫증이 나고 효율이 오르지 않는 날에도 책상 앞에 붙어 있어야 합니다. 맹렬하게 속도를 내는 날과 가볍게 지나는 날이 교차되어도 상관없습니다.

정시에 퇴근을 했는데 볼 만한 텔레비전 프로그램도 없고 해서 공부하기에 딱 좋은 날이 있는 반면 회의나 야근으로 밤늦게 녹초가 되어 퇴근하는 날도 있습니다. 공부는 이런 생활 리듬에 맞추어 하는 것이 좋습니다. 할 수 있을 날은 '자! 오늘은 힘을 내볼까' 하고 기합을 넣어서 평소보다 3~4배 많은 분량에 도전해봅시다.

1주일에 하루라도 이런 날이 있으면 의욕을 잃지 않고 공부를 지속할 수 있습니다. 계획대로 안 되는 날이 있어도 언제든지 만회할 수 있다는 자신감이 생기기 때문입니다. '막판에는 이런 식으로 밀고 나가면 되겠구나' 하는 자신감은 길고 지루한 수험 기간 동안 큰 힘이 되어 줍니다.

게다가 이런 하루 덕분에 주말을 편안히 보낼 수 있습니다. 예비일로 남겨둔 토요일에 1주일 동안 공부한 것들을 복습할 수 있고 가족이나 친구들과도 편안하게 주말을 즐길 수 있습니다. 이런 리듬이 또 다음 한 주 동안 열심히 공부할 수 있는 힘의 원천이 됩니다.

법 칙_10

1년을 10개월로 보고 장기적인 계획을 세워라

장기적인 계획을 세울 때도 예비일은 반드시 필요합니다. 시험까지 1년이 남았다면 목표량을 10으로 나누어 연간 계획을 짜도록 합니다.

1년 동안에 해야 할 수험공부는 '기출문제' 풀기가 기본입니다. 문제집이나 참고서를 준비했다면12개월이 아니라 10개월에 끝낼 수 있도록 계획을 세웁니다. 이것저것 욕심부리지 말고 10개월로 나눈 다음, 다시 1주일 단위로 분량을 나눠서 '이 정도 분량이면 충분히 할 수 있어' 하는 범위를 정해놓습니다. 처음 한 달 도전해보고 궤도 수정을 하는 것은 상관없습니다. 분량이 많다고 생각되면 문제집 수를 줄이고 더 할 수 있겠다는 생각이 들면 문제집을 1권 정도 늘리는 것도 좋습니다.

10개월 동안 일단 전체적으로 한 번 공부를 끝냈다면 시험일까지 2개월이 남습니다. 이 시간은 총 복습과 시험대책을 세우는 기간입니다. 앞에서 설명했듯이 어려워서 미뤄두었던 부분이 있으면 철저히 확인해서 끝내도록 하십시오. 총 복습은 출제 경향이 높은 분야부터 중점적으로 하는 것이 좋습니다. 10개월 동안 기초를 쌓아놓았다면 공부하는 속도는 분명 향상되어 있을 것입니다.

법 칙_11

월 단위의 복습으로 기억을 정착시켜라

학습한 기억은 한 달만 지나면 잊어버리기 마련입니다. 마지막 두 달 동안 총 복습을 하기 전에 매월 월 단위 복습을 잊어서는 안 됩니다.

월요일에서 금요일까지 일하고 토, 일요일은 쉬는 직장인들의 생활리듬 상, 아무래도 주 단위로 움직이기가 쉽습니다. 이는 수험생도 마찬가지입니다.

1주일을 5로 나누어 학습계획을 세운 경우, 계획대로 순조롭게 실행했느냐 못 했느냐에 상관없이 한 달은 정말 빠르게 지나갑니다.

그러나 인간의 기억에는 한계가 있어 아무리 열심히 공부해도 한 달만 지나면 잊히는 것들이 대부분입니다.

그러므로 마지막 주에는 그 달에 공부한 내용을 복습하도록 합니다. 3, 4일 정도면 충분합니다. 월말은 누구나 바쁜 시기인 만큼 피로가 쌓여 공부 효율도 떨어집니다. 이런 시기를 복습에 활용하면 좋습니다.

법칙_12

공부하는 책상은 치우지 않아도 된다

공부를 할 때는 '심리적인 연속성'이 중요합니다. 책상을 말끔하게 치워버리면 계속 공부를 하는데 연속성이 끊길 수 있습니다.

가령 밤에 한 시간, 다음날 아침에 한 시간 공부하기로 계획을 했다고 합시다. 문제를 풀고 참고서를 읽는 식의 공부는 매일 이어지는 법이니 하루 공부가 끝날 때마다 책상을 치우면 다시 시작하는 데 시간이 걸립니다. 아침에만 혹은 저녁에만 공부하는 경우도 마찬가지입니다. 책상에 앉아서 참고서나 문제집을 찾아 다시 펼치려고 하면 시간을 허비하게 되고 다시 공부에 집중할 때까지 적지 않은 시간이 걸립니다.

직장이라면 정리정돈을 할 줄 모르는 사람으로 낙인찍힐 수도 있겠지만 내 집에 있는 내 책상이니 전혀 문제될 게 없습니다.

깔끔한 성격이라 어지럽혀 있는 것을 참지 못하는 사람이라면 미리 상자를 준비해서 책상 밑에 두고 공부할 때 쓰는 참고서나 문제집, 노트 등을 넣어두었다가 바로 꺼내 쓰는 방법도 좋습니다.

법 칙_13

'9시가 되면 시작하자' 는 마음자세는 금물

공부는 '지금 바로 시작한다' 가 원칙입니다. 공부하기에 적절한 시간을 따지는 버릇이 생기면 매일 많은 시간을 쓸데없이 허비하게 됩니다.

텔레비전을 본다거나 차를 마시거나 좋아하는 잡지를 보는 등의 휴식 시간은 공부하는 데 꼭 필요합니다.

일단 휴식이 끝났다고 생각하면 시계를 보게 됩니다. 보고 싶었던 방송 프로그램이 끝나서 시계를 보니 8시 50분이 지나고 있습니다. 이럴 때 어떻게 하나요?

'9시가 되면 공부하자' 라고 흔히들 생각합니다. '9시까지 10분 더 쉬자' 하고 가볍게 생각해버리는 것입니다.

하지만 9시부터 시작하는 다른 프로그램을 자기도 모르게 보기 시작한다든지, 차를 마시고 있을 때라면 '한 잔 더 마실까' 하고 차 한 잔을 더 준비한다든지 잡지의 요리기행 기사에 넋을 빼고 있다가 정신을 차려보니 9시를 훌쩍 넘기는 일이 자주 있지 않나요? 그러면 '할 수 없군. 9시 반부터 하자' 하고 또 다시 자기 자신과 타협을 합니다. 이것만으로도 벌써 40분을 허비해 버리고 마는 것입니다. 매일 이렇게 허비하는 시간들이 쌓이지 않는지 돌아볼 일입니다.

법 칙_14

자투리 시간을 이용해 공부하라

스파게티를 삶는 동안 영어단어를 외우는 주부가 있습니다. 화장실 벽에 세계지도를 붙여 놓고 사회 복습을 하는 중학생도 있습니다.

책상에 진득하게 앉아서 한 시간을 버티는 것만이 공부는 아닙니다. 특히 '암기'와 '복습'은 짧은 시간에 몇 번이고 되풀이하는 편이 기억에 오래 남으므로 자투리 시간을 이용해 공부하는 것이 더 효과적입니다.

가령, 업무상 손님과의 약속이 있을 때 15분 일찍 도착해서 암기하고 복습하기. 점심시간에 15분을 쪼개어 아침에 공부한 내용 복습하기. 식사와 목욕시간 사이에 남는 30분 동안 문제집 한 페이지 풀기. 보고 싶은 텔레비전 프로그램이 시작하기 전 15분 동안 암기카드 보기 등등 이런 자투리 시간만 활용해도 하루에 한 시간 정도는 충분히 공부할 수 있습니다.

자투리 공부에서 중요한 것은 일단 무엇을 할 것인가를 정해놓는 것입니다. 15분 혹은 30분 동안 할 수 있는 공부 내용을 결정합니다.

수험생이라면 지문이 긴 영어문제는 보통 15분 이내에 의미를 파악해야 합니다. 모르는 단어를 사전에서 찾는 시간을 포함해 15분이면 충분하니 자투리 시간을 이용해 얼마든지 공부할 수 있습니다.

법 칙_15

눈을 뜨면 미적거리지 말고 바로 일어나라

아침은 하루의 시작입니다. 여기서 시간을 허비하면 하루 종일 시간 감각이 둔해집니다. 무조건 이불에서 나오십시오.

알람을 기상시간 10분 전에 맞추는 사람이 있습니다. 바로 일어나기가 아쉬워 이불 속에서 조금 더 미적거리고 싶기 때문입니다.

그 마음은 모르는 바 아니지만 하루의 출발점에서 그런 식으로 시간을 허비하면 공부하려는 의지가 무뎌지게 됩니다. 시간 감각에도 문제가 생깁니다. 알람은 일어나야 하는 시간에 정확히 맞추고 울리면 바로 일어나는 습관을 기릅시다.

아무리 잠이 와도 세수를 하거나 뜨거운 커피를 마시거나 가벼운 스트레칭을 하면 눈은 저절로 떠집니다. 5시 10분 전에 알람을 맞추어놓고 바로 일어나면 적어도 5시에는 책상 앞에 앉을 수 있습니다.

그러면 자신감도 저절로 생깁니다. '오늘은 이런 느낌으로 알찬 하루를 보내야지' 하고 사기가 충만해지기 때문입니다. 이런 자신감이 바로 아침 공부의 최대 효과라 해도 과언이 아닙니다.

법칙_16

'할 수 있으면 하겠다'는 생각은 약하고 변명이 많은 사람의 생각이다!

출근이나 등교할 때 버스나 지하철 안에서 공부는 '하겠다'와 '하지 않겠다'를 확실히 정해야 합니다. '할 수 있을 것 같으면 하겠다'는 애매한 생각은 좋지 않습니다.

매일 아침 출근이나 등교를 할 때 30분에서 한 시간은 걸리는 것이 보통이니 '이 시간을 공부에 쓸 수 없을까' 라고 생각하는 사람이 많은 줄 압니다. 그렇지만 혼잡한 전철 안에서 온갖 소음과 다른 사람의 시선을 의식하지 않고 공부에 집중한다는 것은 쉬운 일이 아닙니다.

출근 후 업무에 지장을 줄 위험도 있어 저는 기본적으로 복잡한 전철이나 버스 안에서의 공부는 권하지 않습니다. 그날 일정을 확인하거나 업무와 관련된 중요사항을 휴대전화에 메모하거나 또는 전철 안 광고를 보면서 아이디어를 짜는 시간으로 해도 상관없습니다.

만약 공부를 하고자 한다면 확실히 '하겠다' 고 결심하십시오. 그러려면 가능한 한 붐비지 않는 시간대 전철을 이용하거나 다른 사람의 시선에 신경이 가지 않도록 암기카드를 만드는 등의 노력은 최소한 필요합니다. 이것도 저것도 아닌, 애매한 자세는 곤란합니다.

법 칙_17

공부하다가 집안을 어슬렁거리는 것도 효과가 크다

손이 닿는 곳에 이것저것 물건들을 놓지 마십시오. 공부에 집중을 방해하는 것은 모두 치우는 것이 좋습니다. 그것이 설령 컴퓨터라고 하더라도. 공부가 지겨워지면 집안을 어슬렁거리면 됩니다.

공부하는 환경에 정해진 매뉴얼은 없습니다만, 비록 원룸에 살더라도 책상 주위만은 공부에 집중할 수 있는 환경으로 꾸며 놓는 게 좋습니다. 못다 읽은 소설이나 잡지는 물론 노트북도 치우는 것이 좋습니다.

공부가 지겨워지거나 집중이 안 될 때는 소파에 앉아 잡지나 책을 읽거나 차를 마시거나 텔레비전을 보면 됩니다.

가족이 함께 있을 때도 마찬가지입니다. 텔레비전은 거실에서, 잡지는 소파에 누워서, 차는 식탁에서 하는 식으로 휴식 공간과 공부 공간을 확실히 구분하십시오. 잡지를 보려고 또는 차를 마시려고 집안을 어슬렁거리는 일은 시간에 대한 의식을 높이는 데 좋은 방법입니다. '한숨 돌릴까' '이제 다시 공부해볼까' 하는 모드 전환이 쉽기 때문입니다.

당연한 말이지만 수험생이 공부방에 텔레비전을 놓아 둔다거나 손 닿는 곳에 잡지를 놓아 두는 것은 공부에 방해만 될 뿐입니다. 본인은 시간절약을 한다고 하지만 이도 저도 아닌 낭비하는 시간만 늘어날 뿐입니다.

법칙_18

밤샘공부가 체질에 맞으면 해라

누구에게나 자기만의 생활 리듬이 있습니다. 가족이 모두 잠든 한밤중이 되어야만 공부에 집중이 된다면 얼마든지 밤샘공부를 해도 좋습니다.

지금까지 가장 공부하기 좋은 시간은 아침 시간이라고 강조했습니다. 하지만 이것은 어디까지나 보편적인 시간 활용법입니다. 이른 아침이 여러모로 활용도가 높기 때문입니다.

그러나 밤샘공부가 체질에 맞는 사람도 있습니다. 귀가 시간이 늦어도 목욕을 하며 하루 피로를 풀고 난 늦은 밤중에 가장 집중이 잘 되는 사람입니다.

이런 사람은 익숙한 자기 생활 리듬에 맞추어 공부를 해도 상관없습니다. 다만, 최소 6시간 이상은 잠을 자는 것이 좋습니다. 복습하는 시간도 잊어서는 안 됩니다.

먼저 전날 했던 공부를 다시 복습하는 습관, 토요일에는 그 주에 공부한 것들을 전부 복습하는 습관을 들입니다.

복습이 잘 따라준다면 밤샘공부를 하면서 '이렇게 해도 머리에 남을까?' 하고 걱정하지 않아도 됩니다.

법 칙_19

'시간은 당신의 의식 속에만 있다'는 사실을 기억하라

시계를 보면 현재시간을 알 수 있습니다. 몇 분이 지났는지, 앞으로 몇 분이 남았는지는 시계바늘과 숫자가 알려줍니다. 그러나 그뿐입니다. 흐르는 시간을 죽이고 살리는 것은 당신의 의식뿐입니다.

PART 3 마지막 장에서는 시간 관리의 기본에 대해 설명하겠습니다.

시간은 형태와 모양이 없습니다. 실체가 없기에 본인이 또렷하게 의식하지 않는 한 슬그머니 어디론가 사라져버립니다.

하지만 또렷이 의식하고 있으면 내 것으로 만들 수 있습니다. 일상생활의 한 순간 한 순간을 의식하며 지내다 보면 어디론가 사라져버리는 시간은 훨씬 줄어듭니다.

그러면 그 시간에 무엇을 할 수 있는지 판단할 수 있어 전략을 세우기도 쉬워집니다. 휴식을 취하는 시간에도 전략적인 시간 관리가 가능해집니다.

시간을 의식하지 않는 사람은 이런 모든 것을 그저 '흘러가는 대로' 방치합니다. 시간을 의식하지 못하는 사람은 절대 공부를 할 수 없습니다.

PART 4
본 시 험 필승전략

'결전에 강해지기'

법칙_01

시험 전 1주일 동안은 머리에 최대한 집어넣어라!

본시험 날이 가까워지면 어차피 마음의 안정은 갖는다는 것은 쉽지 않습니다. 이럴 때는 오히려 온 힘을 다해 머릿속에 넣을 수 있을 때까지 넣는 게 좋습니다. 시험 직전에는 경이적인 집중력이 생기니까!

'시험 전에는 컨디션을 조절하라', '허둥대지 말고 지금까지의 페이스를 지키라' 고 가르치는 수험지침서도 있습니다만, 저는 반대입니다. 공부습관이 아주 잘 들어 있고 상당한 자신감이 있지 않는 한 불가능할 뿐 아니라 그런 사람도 마음을 놓아버리면 일주일 동안 공부한 내용을 잊어버릴 수도 있습니다.

누구나 시험 직전에는 불안하고 초조한 법입니다. 불안함과 초조함을 떨쳐버리려면 결국 계속 공부에 열중하는 수밖에 없습니다. 남은 일주일 동안 지난 몇 개월 내지 1년 동안 공부한 것을 모두 복습한다는 마음으로, 그야말로 머릿속에 넣을 수 있을 때까지 모두 넣겠다는 마음으로 복습하면 집중력이 높아집니다.

직장인이라면 (가능하면) 유급휴가를 얻어 마지막 공부에 매진하도록 권하고 싶습니다. 시험 직전일주일은 폭발적인 집중력을 발휘할 수 있는 아주 중요한 시기입니다.

법 칙_02

일주일의 노력으로 '진짜 실력'이 붙는다!

'벼락치기로는 실력이 늘지 않는다'거나 '승패는 벌써 가려졌다'라는 생각은 금물입니다. 시험 직전의 일주일이야말로 실력을 향상시킬 수 있는 절호의 기회입니다.

시험에서는 자주 대역전극이나 기적의 합격드라마 같은 드라마틱한 상황을 만들어냅니다만 그것을 이룬 당사자는 본인의 '실력'으로 당당히 합격했다고 생각합니다.

대역전 혹은 기적이라고 주변 사람들은 떠들어대지만 마지막까지 쏟아 부었던 피나는 노력이 얼마나 비약적인 실력 향상으로 이어졌는지는 본인이 가장 잘 알고 있기 때문입니다.

시험 직전에는 집중력이 비약적으로 높아집니다. 그때까지의 축적된 노력이 있기에 기억력도, 이해력도 수백 배 힘을 발휘합니다. 말 그대로 '공부기계'가 되는 것입니다. 그렇기에 만약 이 시기에 공부에 열중하면 '일주일 만에 2개월 이상의 공부 성과를 올리는 일'도 충분히 가능합니다. 자기 실력이 쑥쑥 향상되고 있다는 것을 실감하면 투지를 갖고 본시험에 임할 수 있습니다.

법칙_03

시험 직전에 감기에 걸리는 사람은 없다!

우리 몸은 긴장을 하게 되면 몸의 '면역력'이 높아집니다. 감기에 걸리거나 어딘가 몸의 이상을 느끼는 것은 본시험이 끝나고 긴장이 풀렸을 때 압도적으로 많습니다.

시험 직전에 너무 심하게 공부해서 '컨디션에 이상이 생기면 어쩌지?' 하고 걱정하는 마음은 이해되지만 거기에 너무 신경 쓰지 않는 게 좋습니다. 긴장을 하고 있으면 조금 무리를 해도 극복해 나갈 수 있습니다.

컨디션에 너무 신경을 쓰면 오히려 공부에 방해가 됩니다. 정신이 흐트러지고 쓸데없는 불안감만 커집니다. 오히려 긴장감을 가지고 '감기 같은 건 안 걸려!' 하면서 스스로 최면을 걸면서 공부에 집중하십시오.

만약 회사를 쉬고 공부를 할 수 있다면 아침형 인간이 되어야 합니다. 밤샘 공부를 해도 아침 6시에는 반드시 일어나고 잠이 부족하면 저녁식사 후 1시간 정도 잠깐 눈을 붙이는 것도 효과적입니다.

법 칙_04

본시험 시간에 맞추어서 책상에 앉아라

본시험 직전에는 무조건 본시험 시간에 맞추어 공부를 해야 합니다. 만약 시험 시간이 150분이라면 150분 동안 과거기출문제를 보면서 실전에 맞는 시간감각을 익히는 훈련을 합니다.

'과거기출문제' 를 반복해 풀면서 실전감각으로 예상문제를 풀다 보면 본시험에 임할 때와 같은 시간감각이 자연히 몸에 배게 됩니다. 본시험 직전에는 공부하는 시간을 실제 시험시간에 맞추어 실전훈련을 하는 것이 매우 중요합니다.

자격시험은 시간과의 싸움이 되는 경우가 많습니다. 과거 제가 봤던 임상심리사 시험은 150분 동안 '오지선다' 100문제를 푸는 형식으로 이루어졌는데, 처음에는 '누워서 떡 먹기' 라고 생각하고 시간에 크게 개의치 않았습니다. 하지만 막상 문제를 풀다 보니 시간이 부족해 하마터면 문제를 다 못 푸는 불상사가 생길 뻔했습니다.

보기를 하나하나 보고 O, X를 가려내는 능력이 부족해 시간을 허비한 탓입니다만, 이런 불상사를 막으려면 본시험에서 필요한 스피드 감각을 반드시 갖추어야 합니다. 본시험을 앞두고 무턱대고 공부하다 보면 자칫 시간에 대한 감각을 잃어버릴 수도 있으니 주의해야 합니다.

법 칙_05

본시험장에 미리 가보는 것도 시험의 일부라고 생각하라

집이나 숙소에서 시험장까지의 거리나 시간을 확인하는 것만이 전부는 아닙니다. 시험 당일과 같은 상황을 설정해 불안함을 없애도록 합니다.

미리 시험장에 가볼 때는 시험 당일과 '같은 요일', '같은 시간'에 가는 것이 좋습니다. 전철이나 버스의 혼잡 정도나 시험장까지 걸리는 시간을 미리 확인해 두어야 만약의 사태에 대비할 수 있습니다.

예를 들어 점심시간에는 한가해서 별로 시간이 걸리지 않았는데 당일에는 혼잡한 출근 시간대에 나서야 한다면 예상 외로 시간이 더 걸릴 수도 있습니다. 전철역에서 시험장까지 가는 길도 한가한 시간대와 혼잡한 시간대의 상황이 달라서 길을 잃을 위험도 있습니다.

시험장 안까지 들어가 볼 수 있다면 반드시 들어가 봅시다. 교실의 위치 확인은 물론 화장실의 위치까지도 알아두어야 합니다. 시험 당일 쉬는 시간에 화장실은 특히 복잡할 테니 사전에 미리 알아두면 당황할 일이 없습니다. 식사 후의 휴식 장소도 미리 정해 놓을 것. 이런 것들을 꼼꼼히 챙겨두어야 본시험에서 침착하게 행동할 수 있습니다.

법 칙_06

시험 당일 휴지는 넉넉히 가지고 가라

난방, 냉방 등으로 실내 · 외 온도 차이가 크면 콧물을 훌쩍거리게 되는 일이 종종 벌어집니다. 코를 훌쩍거리면 시험에 집중하기 힘듭니다.

시험 당일에 가져갈 것들은 전날 리스트를 만들어 꼼꼼하게 확인하도록 합니다. 특히 빠트리기 쉬운 것이 휴지와 예비 지우개입니다. 시험장에서 지우개가 바닥에 떨어지면 큰일입니다. 오래 써서 모서리가 닳은 것보다 새것이 좋습니다.

휴지는 콧물 대비에도 필요할 뿐 아니라 화장실에서 화장지가 떨어졌을 때도 요긴하게 쓸 수 있습니다. 이와 같은 응급상황을 미리 대비해 두면 마음이 안정됩니다.

지참 가능한 것들은 시험요강에 있으니 반드시 확인해서 허용하는 것들은 꼭 챙겨 가는 것이 좋습니다.

본시험장에서 반드시 필요한 지참물을 빠트리는 것만큼 바보 같은 일은 없습니다. 수험표, 지갑, 지정 필기도구는 물론이거니와 계산기, 사전 같은 것이 허용되는 경우도 있으니 몇 번이고 확인해서 빠트리는 물건이 없도록 미리미리 준비하십시오.

법 칙_07

본시험 직전 쉬는 시간에도 실제 시험처럼 공부하라

드디어 시험 당일. 시험 직전까지 노트나 암기카드를 한 번이라도 더 읽어봐야 합니다. '지금 해봤자 소용없다'는 생각은 시험이 끝난 다음에 해도 늦지 않습니다.

시험장에는 익숙한 참고서나 암기카드를 가져갈 수 있으면 가지고 들어가십시오. '여기서 더 공부해봤자 소용없으니 마음을 비우고 시험에 임하자' 라는 생각은 아직 이릅니다. 공부하면서 해 두었던 형형색색 마크로 뒤덮인 참고서나 손때가 묻은 암기카드가 옆에 있는 것만으로도 마음이 든든해집니다.

시험 시작 직전까지 지금까지 공부했던 참고서나 암기카드를 보면서 공부를 해야 합니다. 시험 직전에 '그게 뭐였더라?' 하며 불안이 엄습하는 순간, 손때 묻은 참고서를 보면 마음이 안정되며 운이 좋으면 좀 전에 봤던 바로 그 문제가 시험에 나오는 경우도 있습니다.

마음에 걸리는 부분이 있는데 알아볼 도리가 없으면 불안감은 더 커집니다. 마음에 걸리던 그 부분이 시험에 나오기라도 하면 충격으로 더 초조해집니다. 다시 봤던 부분이 시험에 나오면 다행이고 나오지 않더라도 시험 직전까지 공부를 해두면 편안한 마음으로 시험을 치를 수 있습니다.

법 칙_08

시험 전날 수면 부족과 시험 결과는 관계가 없다!

시험 전날 숙면을 취하는 사람은 그리 흔하지 않습니다. '자야 하는데 왜 이렇게 잠이 안 오지' 하고 초조해 하기보다 '하룻밤 잠 설친다고 별일 있겠어' 하며 스스로를 다독이는 것이 좋습니다.

물론 전날 밤은 숙면을 취하는 게 좋습니다. 하지만 시험에 대한 긴장으로 잠을 못 자는 게 오히려 당연한 일입니다. 시험장 근처에 숙소를 얻어 잠을 자는 경우는 더합니다.

이럴 때는 '이런 긴장감을 내일까지 유지하면 잘 할 수 있어' 라고 긍정적으로 생각합시다. '나만 못 자는 게 아닐 거야' 라고 마음 편하게 생각하십시오. '잠을 못 자면 안 되는데' 라는 초조함이 가장 큰 적입니다. 다음날 아침이 되면 '잠을 설쳤는데 괜찮을까?' 하는 불안감이 남기 때문입니다.

아무리 잠을 설쳤다 해도 짧게나마 잠을 잤을 것이고 밤새 돌아다닌 것도 아니므로 육체적인 피로는 없습니다. 여유롭고 당당한 마음이 중요합니다. 하지만 시험 전날 술은 삼가는 것이 좋습니다. 과음은(특히 직장인들) 숙면을 방해해 시험에 악영향을 끼치게 됩니다.

법 칙_09

수험번호와 이름을 쓰면 마음이 가라앉는다

시험은 시험장에 나가서 답안지에 이름을 쓰는 것으로 시작됩니다. 그 다음은 평소 공부할 때 문제집을 푸는 것과 같습니다.

시험장에서 자리에 앉아 문제지와 답안지를 받으면 누구든 긴장하게 됩니다. 보통은 내용이 보이지 않게 뒤집어서 문제집이 배포되고 시작 신호와 함께 문제를 보게 되는데 그 순간이 가장 긴장되는 순간입니다.

본시험은 일단 답안지에 수험번호와 이름을 적는 것으로 시작됩니다. 예상문제를 풀 때는 수험번호와 이름을 쓰지 않는 것이 보통이므로 이것이 합격을 위한 최초의 관문임을 명심해야 합니다.

문제를 빨리 풀고 싶은 마음에 자칫 조바심이 나기 쉽지만 시간적인 차이가 생겨도 미미한 것이니 당황하지 말고 자기 이름과 수험번호를 천천히 써내려 갑니다. 그것만으로도 마음이 안정이 되고 시험의 반은 치른 셈입니다. 다음은 평소에 공부해온 대로 차분하게 문제를 풀면 됩니다.

법칙_10

확실히 아는 문제부터 일단 천천히 한 문제를 풀어라

야구경기에서 투수도 초구부터 스트라이크를 잡아야 안정이 됩니다. 시험에서도 우선 아는 문제부터 차근차근 한 문제를 풀어봅니다. '좋아, 문제 없어' 라는 자신감은 여기에서 시작됩니다.

시험 시작과 함께 첫 문제부터 초고속으로 풀어가는 사람이 있습니다. 쉬운 문제부터 차례로 되어 있으면 몰라도 이런 식으로 쭉 풀어가다가 갑자기 어려운 문제와 만나면 갑자기 앞이 캄캄해집니다.

첫 문제부터 어려워서 시간을 뺏기면 남은 시간 내내 시간을 의식하며 당황하게 됩니다. 그러니 어려운 문제가 나오면 일단은 그냥 넘어가고 확실히 아는 문제부터 한 문제 풀어봅니다. '좋아, 문제 없겠어!' 라는 평상심을 되찾기 위해서입니다.

한 문제를 풀었으면 이번에는 문제 전체를 한 번 훑어봅니다. 지금까지 '기출문제' 로 연습을 잘해왔으니 한 번만 보면 '아하, 자주 나오던 문제구나', '쉽게 풀 수 있겠어' 하며 감을 잡을 수 있습니다. 대략적인 감을 잡았다면 전체 시간을 고려해 '20분씩 나누어 풀어가자' 하는 식으로 전략을 세울 수 있습니다.

법 칙_11

'포기하는 문제'를 가려내는 것도 실력이다

만점을 목표로 하는 것은 무리입니다. 모르는 문제는 '찍어서 맞으면 행운'이라고 가볍게 생각하는 것이 좋습니다. 만점에 목을 매면 생각지도 못한 함정에 빠질 수 있습니다.

여러 번 말했지만 대부분의 시험은 60~70% 정도만 맞으면 합격할 수 있습니다. 10문제 중에 한두 문제를 못 풀어도 나머지 문제를 확실하게 풀면 합격할 수 있다는 말입니다.

만점에 목을 매면 어려운 문제에 걸렸을 때 거기에 많은 시간을 허비하게 되어 시험을 망치게 될 위험이 있습니다. 갑자기 초조함이 엄습해 냉정함을 잃어 풀 수 있는 문제조차 제대로 풀지 못하는 불상사를 초래하고 마는 것입니다.

문제를 한 번 쭉 훑어보고 '이건 모르겠어' 하는 생각이 들면 과감히 포기해야 합니다. 그래야만 시간적인 여유가 생겨 남은 문제를 푸는 데 실수하지 않습니다. 다른 문제들을 완벽히 풀고 나서도 시간이 남으면, 그때는 '밑져야 본전' 이라는 편안한 마음으로 답안지를 메웁니다.

법 칙_12

문제지는 아무리 더럽혀도 문제가 되지 않는다

시험에서 가장 안타까운 것은 부주의에서 오는 실수입니다. 절대로 문제를 지레짐작으로 풀지 마십시오. 문제지에 밑줄을 그어 가며 마지막까지 확인하는 것이 중요합니다.

기출문제나 모의시험에서 봤던 것과 비슷한 문제가 나올 때가 있습니다. 그럴 때 '아, 이건 그거구나' 하고 안심해서는 안 됩니다. 반드시 문제를 꼼꼼히 읽어야 합니다. '옳은 것을 고르시오'가 아니라 '잘못된 것을 고르시오' 혹은 '옳은 것 3가지를 선택하시오' 하는 전혀 다른 상황이 있을 수 있습니다.

밑줄을 그어가며 핵심을 확인하는 것이 가장 확실합니다. 어떤 답을 요구하는지 침착하게 문제를 읽고 중요한 부분에 확실히 표시를 해 두는 것입니다. 지문을 읽을 때도 마찬가지입니다.

객관식 문제를 풀 때도 보기를 꼼꼼히 읽으면서 핵심 부분에 밑줄을 그어 둡시다.

이런 식으로 문제를 풀다 보면 문제지가 밑줄과 표시 투성이가 되겠지만, 본인이 알아볼 수 있다면 전혀 문제되지 않습니다.

법 칙_13

연필 굴리기에도 요령이 있다!

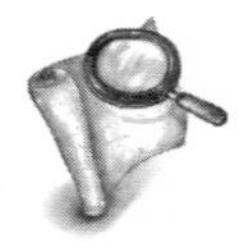

1점 차로 합격, 불합격이 정해지는 것이 시험입니다. OX 선택 문제에 답을 쓰지 않고 제출하는 것은 바보 같은 일입니다. 순간적인 추리력을 총동원해서 답을 기입합니다.

어림짐작으로 찍는 한이 있더라도 무조건 답안지는 채워야 합니다. 모르는 문제라고 답을 쓰지 않고 비워 두면 득점할 가능성은 전혀 없습니다. 중 · 고등학생들이 잘 쓰는 연필 굴리기도 괜찮습니다. 오지선다, 사지선다의 객관식 문제라면 찍어도 답을 맞힐 수 있는 확률이 높습니다.

단, 연필 굴리기에도 요령이 있습니다. 가령, 오지선다 문제에서 정답 확률은 5분의 1이지만 다섯 개 보기 중에 '확실히 답이 아닌 것' 을 하나라도 가려낼 수 있으면 확률은 4분의 1로 높아집니다. 그만큼 정답을 맞힐 수 있는 확률도 높아지는 것입니다.

이 확률을 더욱 높여주는 요령이 또 있습니다. 보기에서 부정적 표현이나 한정적 표현 혹은 강조표현을 눈여겨 보십시오. 'OO에 한해서', 'OO을 제외하고' 혹은 '절대로', '반드시' 등의 표현에도 주의해야 합니다. 이런 식의 표현에는 반드시 특별한 의도가 숨어 있으므로 그런 것들을 취사선택의 재료로 삼아 충분히 생각한 후에 '에라 모르겠다!' 하고 결정합니다.

법 칙_14

막판 직감을 믿어라!
생각이 너무 많으면 오히려 마이너스다!

시험에 약한 사람일수록 생각을 너무 많이 해서 손해를 봅니다.

'아, 처음 생각했던 걸로 할 걸' 하며 후회해도 이미 늦습니다.

객관식 문제에서 실수를 하지 않는 또 하나의 비결은 처음에 떠오른 답을 밀고 나가는 것입니다. OX 문제나 객관식 문제에서 'X 같은데' 또는 '3이 정답인 거 같은데' 하고 직감적으로 느낄 때가 있습니다. 그 이유를 설명하지는 못하는, 말 그대로 직감입니다.

답을 모른다고 OX 문제나 객관식 문제에 답을 쓰지 않는 것은 바보 같은 짓입니다. 오감을 총동원해 찍기라도 해야 합니다.

이럴 때 생각을 지나치게 많이 하면 오히려 실패할 가능성이 높습니다. '아까는 답이 a라고 생각했는데 좀 더 생각해보자' 하고 꾸물거리면 오히려 정답을 비껴갈 확률이 높습니다. 오랫동안 공부를 해 오면서 머릿속 어딘가에 남아 있는 기억이 직감을 만들어 내는 경우가 많기 때문입니다. 막판에 집중력도 높여 놓았으니 여러분의 직감을 믿어야 합니다.

법칙_15

모르는 문제가 나오면 일단 넘어가라

지식을 묻는 단순한 문제는 제한 시간이 짧습니다. 만점을 목표로 하지 않아도 좋으니 리듬을 타면서 풀 수 있는 문제들부터 풀어갑니다.

한 문제 한 문제는 별로 어렵지 않은데, 그것이 100문제 이상 이어지는 시험이 있습니다. 대부분 기본적인 지식을 묻는 문제입니다. 이런 시험은 전체를 한 번 훑어 볼 것도 없이 첫 문제부터 답을 쭉쭉 써 내려가게 되는데 시간 배정을 잘못하면 생각지도 않은 낭패를 볼 위험이 있습니다.

알고 있는데 쉽게 답이 생각나지 않거나 판단에 자신이 없는 문제가 중간중간 나오기 때문입니다. 그런 문제에 걸렸을 때 한 문제를 붙들고 지나치게 오래 생각하면 마지막에 시간이 모자라 예상치 못한 결과를 초래하고 맙니다.

이럴 때는 '타임쇼크 방식' 으로 극복할 수밖에 없습니다. 리듬을 타면서 답을 써 내려가다가 모르는 문제가 나오면 다음 문제로 뛰어넘어가는 것입니다. 마지막까지 차분하게 실수 없이 답을 써 내려가고 남은 시간에 못다 한 부분을 채우는 것이 현명합니다.

법 칙_16

1점에 민감해져라. 합격, 불합격이 1점으로 결정된다

합격 최저점에 도달하지 못하면 무조건 불합격입니다. 단 1점 차이로 명암이 바뀐다는 사실을 잊지 마십시오.

시험을 보면서 '이 정도면 안심해도 되겠어' 하고 자신감이 생기는 사람이 있는 반면 '어쩐지 불안한데' 하며 자신감을 잃어버리는 사람도 있습니다. 어느 쪽이든 시험이 끝나기 전까지는 아무도 점수를 모르니 단 1점이라도 점수를 올리는 데 전념하십시오.

'안심해도 되겠어' 했는데 어이없는 실수를 했을 수도 있고 '불안한데' 하며 1점이 아쉬운 상황에서 답을 써넣지 않는 어이없는 상황이 벌어질 수도 있습니다. 일단 문제는 다 풀었어도 마지막까지 검산하고 혹시 누락된 부분은 없는지 확인하고 또 확인해야 합니다.

이런 과정에서 얻은 1점이 당신의 운명을 좌우합니다. 300점 만점에 200점 이상이 합격이라면 199점과 200점의 차이는 너무나 큽니다. 시험이 끝날 때까지 누구도 자기 점수는 알지 못하니 끝까지 포기하지 마십시오. 지금 포기해버리면 199점으로 끝날 가능성도 있습니다. 운명의 '1점'을 하찮게 생각해서는 절대 안 됩니다.

법 칙_17

실수 발견이 곧 득점으로 이어진다

별 어려움 없이 잘 푼 문제도 반드시 검산하고 확인해야 합니다. 실수를 발견하면 엄청나게 횡재를 한 기분이 듭니다.

아무리 집중해도 인간인 이상, 누구나 실수를 하기 마련입니다. 완벽하게 끝냈다고 자신했는데 생각지도 못한 실수를 발견하고 입을 다물지 못하는 일이 종종 벌어집니다.

시험도 마찬가지입니다. 아무리 신경을 쓰고 세심하게 주의를 해도 어처구니없는 실수나 착각을 하는 경우가 적지 않습니다. 보고서라면 밤을 새서 다시 쓸 수 있지만 시험은 한 번 끝나면 그것으로 끝입니다.

그러므로 시간이 남으면 지나치다 싶을 정도로 답안지를 확인하고 또 확인합니다. 시험 시간 중간에 답안지를 내고 나가는 사람도 있는데 그런 호기는 금물입니다. 호기를 부려봤자 점수는 오르지 않습니다.

실수를 하나 발견하면 왠지 횡재한 마음이 듭니다. 생각지도 못한 실수를 찾아낸 것은 모르는 문제를 한 개 푼 것과 같습니다. 이런 기분은 다시 한 번 답안지를 세심하게 보게 만들어줍니다.

법 칙_18

모르는 문제 중에 '서비스 문제' 가 섞여 있다

포기한 문제도 마지막에 득점할 기회가 있습니다. 기초적인 지식으로 풀 수 있는 서비스 문제가 섞여 있기 때문입니다.

평소에 자신 없던 부분에서 출제된 문제를 한 번 보고는 '이 문제는 포기하자' 고 섣불리 판단하는 경우가 있습니다. 하지만 시간이 남으면 꼭 재도전해야 합니다.

예를 들어 긴 지문 뒤에 몇 개 문제가 달려 있는 경우, 체념하지 않고 차근차근 읽어 내려가다 보면 '앗, 이건 풀 수 있겠어!' 하는 문제가 분명히 하나는 있습니다.

전체의 난이도가 높아도 각 문제들의 난이도는 들쑥날쑥하기 마련이므로 그중에 하나라도 건지면 득점으로 이어집니다.

시험을 보는 동안 머릿속이 정리되면서 자신 없어서 보류해 둔 문제를 풀 수 있는 실마리를 찾게 되는 경우도 있습니다. 자신 없었던 문제지만 다른 문제가 계기가 되어서 갑자기 답이 떠오르기도 합니다. 시험이 막바지에 이를수록 문제를 푸는 능력이 시작할 때보다 높아지기 때문입니다. 그러므로 절대로 중간에 포기해서는 안 됩니다.

법 칙_19

합격을 이룬 순간부터 진짜 공부가 시작된다

수험공부를 통해 얻은 노하우와 자신감은 다른 것을 공부할 때도 도움이 됩니다. 합격한 순간부터 새로운 도전이 시작되는 것입니다.

여기까지 자격증이나 입시를 준비하는 사람을 위한 맞춤 공부법에 대해 설명했습니다. 한마디로 말하면 문제를 풀기 위한 공부, 합격을 위한 공부입니다. 그러나 공부를 하는 궁극적인 목표는 스스로 과제를 설정하고 지식을 습득하고 그것을 가치 있게 활용하는 것입니다.

그럴 때 비로소 지금까지의 노력이 진짜 가치를 발휘하게 됩니다. 수험공부를 하면서 얻은 노하우와 자신감이 인생에 필요한 진짜 공부에 임하는 기본적인 마음가짐을 만들어 주기 때문입니다. 목표와 계획을 세우고 시간을 효율적으로 활용하면서 본인이 뜻한 바를 끝까지 밀고 나가는 것은 어떤 공부를 하든지 반드시 필요한 자세입니다.

현대사회는 자격증 하나만으로 살아갈 수 있는 시대가 아닙니다. 원하는 대학에 들어갔다고 안심할 수 있는 시대도 아닙니다. 늘 공부하는 사람만이 자신의 꿈을 이룰 수 있습니다. 합격은 그 꿈을 향한 출발선임을 잊지 말기 바랍니다.

부록

수험생을 위한 건강관리법

수능생들을 위한 건강관리법

수험생의 영양관리

아침은 꼭 챙겨 먹는 게 좋습니다. 주식은 쌀밥 등의 곡류가 좋고 생선, 육류, 야채, 콩, 계란 등을 골고루 먹는 게 좋습니다. 식사량은 포만감을 느끼기 직전에 절제해야 위의 부담도 덜고 두뇌활동도 방해를 받지 않습니다.

스트레스 해소에 좋은 시금치, 당근, 브로콜리, 감귤, 토마토, 김

위의 음식들은 비타민 A와 비타민C가 많이 들어 있어, 스트레스를 완화해주고 정신을 맑게 해서 불안을 없애줍니다.

두뇌 회전에 좋은 잡곡밥, 버섯, 시금치, 멸치, 된장

두뇌 회전에 필수적인 포도당은 탄수화물에 들어 있습니다. 따라서 쌀밥만 먹어도 되지만 비타민이 풍부한 현미를 섞어 잡곡밥으로 만들면 더욱 좋습니다.

집중력에 좋은 두부, 우유, 김, 다시마, 순살쇠고기

쇠고기를 조리할 때는 소화의 무리가 없도록 쇠고기를 갈아서 조리해 주는 것이 좋습니다.

기억력에 좋은 고등어, 꽁치, 연어, 참치, 삼치

등 푸른 생선에 있는 DHA, EPA는 학습기능과 기억력 증진에 효과적입니다.

간식으로는 바나나, 귤, 블루베리, 초콜릿

바나나는 마그네슘이 풍부해서 스트레스 해소에 도움이 되고, 공복감도 해결해 줍니다.

귤과 블루베리는 신진대사를 원활하게 해줘 신체에 활력을 돌게 합니다.

초콜릿은 에너지를 보충해 주기 때문에 허기가 질 때 좋지만, 세 조각 이상을 섭취하면 오히려 스트레스로 작용합니다.

따뜻한 차 한 잔!

홍차는 집중력을 높여주는데 도움이 됩니다.

매실차, 귤피차는 정신을 맑게 해주고 소화에 도움이 됩니다.

녹차는 뇌에서 생성되는 알파파를 증진시켜 몸에 피로감을 줄여주고 마음의 안정을 유지해 줍니다.

둥글레차, 진피차, 생강차 등은 긴장을 풀고 감기를 예방해 줍니다.

수면 및 각성 리듬 유지

두뇌 활동은 기상 후 두 시간이 지났을 때 가장 활발하며 시험 당일 입실시간이 오전 8시쯤이기 때문에 기상시간은 일정하게 오전 6시~6시30분에 맞추고, 낮잠은 오후 학습의 집중력을 높이는 효과를 볼 수 있으며 시간은 점심식사 후 20~30분 정도가 적당합니다. 숙면을 위해 커피, 콜라 등 카페인 음료는 가급적 삼가고 꼭 마시고 싶을 때는 오후 3시 이후엔 마시지 않는 것이 좋습니다.

휴식은 한 시간당 5~10분 정도가 좋은데 밖에 나가 바람을 쐬면서 맨손체조를 하거나 스트레칭으로 어깨와 목, 팔, 다리, 근육을 풀어주면 피로도 회복되고 각성효과도 높여 효율을 높여 줍니다.

긴장을 풀어주는 스트레칭

수험생들은 고개를 앞으로 숙이고 공부하는 습관이 있습니다. 그렇게 되면 목 뒤에 있는 근육이 무리를 가하게 되서 긴장성 두통을 유발하게 되어 집중력을 떨어뜨리고 학습능률을 저하시킬 수 있습니다. 늘 바른자세를 유지하도록 의식적으로 신경을 쓰고, 가벼운 스트레칭과 걷기 등의 운동을 하면 허리 근육 강화와 함께, 목, 어깨에 가해지는 부담을 줄일 수 있어요.

1. 목 근육이완 스트레칭

바른 자세로 앉아서 손으로 머리의 옆 부분을 지긋이 눌러서 목 옆 부분이 늘어나도록 합니다.(좌우 반복) 이때 몸은 옆으로 기울지 않도록 반듯한 자세를 유지합니다.

2. 목, 어깨 스트레칭

팔을 들어 올린 다음 팔꿈치를 굽혀 머리 뒤에 대고 다른 손으로 팔꿈치를 잡아당기면서 머리를 앞으로 밀어줍니다.

3. 팔, 등, 어깨 스트레칭

양손을 깍지 껴서 위로 올리고 옆구리를 잡아당기듯 한쪽 방향으로 최대한 숙입니다.(좌우 반복)

4. 허리 스트레칭

의자에 앉은 자세에서 상체를 한쪽으로 돌려 등받이를 잡고 10초 정도 정지합니다.(좌우 반복)

시험 도중 긴장감이 들 때 대처법

1. 자꾸 잡생각이 든다

시험 도중 자꾸 잡생각이 든다면 애써 이를 거부하지 말고, 재빨리 시험지 한 모퉁이에 적어 보세요. 잡생각의 정체를 파악하면 잡생각이 오히려 줄어 든다고 합니다.

2. 눈앞이 캄캄해진다

긴장감이나 문제가 잘 풀리지 않아 눈앞이 캄캄해지면 눈을 감고 5초 정도 심호흡을 하면서 정신을 집중하는 게 좋습니다.

3. 시간이 부족하다는 느낌이 든다

풀기 어렵거나 시간이 오래 걸리는 문제는 뒤로 미뤄놓고 자신 있는 문제부터 푸는 게 좋아요.

4. 틀리면 안 된다는 강박관념이 나를 짓누른다

풀리지 않는 한 문제 때문에 다른 문제로 넘어가지 못할 때는 가장 어려운 한두 문제는 못 풀어도 상관없다는 마음으로 나머지 문제에 집중하는 게 좋아요. 우선 표시를 해놓고 넘어가세요.

5. 자꾸 포기하고 싶은 마음이 든다

다른 수험생도 나와 같은 마음이라는 생각으로, 마무리를 잘 하면 좋은 결과가 있을 것이라는 확신을 갖습니다.

수험생이 지켜야 할 D- day 100 십계명

1. 의욕만 앞선 무리한 학습계획 피하라
2. 새로운 학습법, 교재 찾지 말라
3. 자신 있는 영역만 학습하지 말라
4. 수능 반영 영역과 영역별 반영비율 따져 학습하라
5. 목표 대학 및 모집단위 확실히 정하라
6. 최상위권 대학을 원한다면 정규수업에 충실하라
7. '단기 족집게형 과외' 맹신하지 말라
8. 수능에 출제될 EBS 연계 교재는 완벽하게 학습하라
9. 자신만의 오답노트를 만들어 최대한 활용하라
10. 주기적인 연습을 통해 실전 감각 끌어올려라

공부할 때 도움되는 음악

집중력 향상에 좋아요

1. 드보르자크-바이올린 협주곡A단조 작품53
2. 바르토크-바이올린 협주곡 제2번
3. 헨델-바이올린 소나타 제3번 F장조 작품 1의12
4. 모차르트-교향곡 제38번 D장조 K504 '프라하'
5. 베토벤-교향곡 제3번 E장조 작품 55 '영웅'

기억력 향상에 좋아요

1. 모차르트 '피가로의 결혼' 서곡
2. 바흐-관현악 모음곡 제3번 D장조 BWV1068
3. 요한 슈트라우스 2세-왈츠 '아름답고 푸른 도나우' 작품 314
4. 베토벤-엘리제를 위하여
5. 헨델-합주 협주곡 D장조 작품 6의5
6. 베테벤-피아노 협주곡 제5번 E장조 작품 73 '황제'
7. 차이코프스키-피아노 협주곡 제1번 B단조 작품 23

시험 전날 긴장을 풀어줘요

1. 슈베르트-교향곡 제8번 B단조 D759 '미완성'
2. 브람스-교향곡 제1번 C단조 작품 68
3. 드보르자크-첼로 협주곡 B단조 작품 104
4. 시벨리우스-교향시 '어떤 전설' 작품9
5. 베토벤-교향곡 제1번 C장조 작품 21
6. 바흐-관현악 모음곡 제 3번 D장조 BWV1068